AF140594

SARA RIRA

Leben in heller Dunkelheit

novum pro

Dieses Buch ist auch als
e-book
erhältlich.

w w w . n o v u m v e r l a g . c o m

Bibliografische Information
der Deutschen Nationalbibliothek:

Die Deutsche Nationalbibliothek
verzeichnet diese Publikation in
der Deutschen Nationalbibliografie.
Detaillierte bibliografische Daten
sind im Internet über
http://www.d-nb.de abrufbar.

© 2023 novum Verlag

ISBN 978-3-99131-954-2
Lektorat: Falk-Michael Elbers
Umschlagfoto:
Vladimir Nikulin I Dreamstime.com
Umschlaggestaltung, Layout & Satz:
novum Verlag

www.novumverlag.com

Climate neutral
Print product
ClimatePartner.com/16547-2201-1002

Die Welt drehte sich. Die Welt drehte sich um ihre Achse und schillerte in allen Farben wie eine riesige Diskokugel. Die Welt drehte sich und ich ging los. Ja, ich gehe einfach weg. Nach zweieinhalb Monaten einer unendlichen, erschöpfenden Arbeit vereinbarte ich mit der Agentur die Beendigung meines Vertrags. Die alte Frau. Die alte Frau ist im Krankenhaus. Teilweise gegen ihren Willen. Aber wenn die Parkinsonkrankheit fortschreitet, ist es manchmal sehr schwer, zu unterscheiden, was man sich eigentlich wünscht, was gegen den eigenen Willen ist und was im Einklang mit ihm ... Man ist manchmal die Gleiche und plötzlich ganz anders. Und genauso war das mit der alten Dame.

Brr ... Ich hoffe, dass ich an dieser Krankheit in Zukunft nicht leiden werde ...

(Noch krank zu werden, das würde ich wirklich schon alles verlieren ... Ich hatte sowieso schon viel verloren...)

Wie fühlt man sich, wenn man nicht weiß, wo man am nächsten Tag schlafen wird? Was und wovon man essen wird? Und so weiter. Und so fort.

Es kann eine Rolle spielen, dass ich mein ganzes Leben vom Pech verfolgt bin, besonders was meine Männer beziehungsweise die Männer in meinem Leben – Partner, Lebenspartner, Liebhaber – oder wie auch immer ihr sie nennen wollt – betrifft.

Manche Männer stellen sich vielleicht vor, dass Frauen keine wirklich schlimmen Dinge passieren können. Frauen in Not sollten vielleicht einen Partner danach auswählen, eine wie breite materielle und finanzielle Unterstützung er ihnen anbieten kann? Und vielleicht wird er eher als jene Frauen in Not geraten?

Du wählst dir deine Partner jedoch oft aufgrund der gegenseiti-gen (oder wenigstens einseitigen) Attraktivität aus, und dazu kommt dir das noch romantisch vor ...

Aber eigentlich, wenn ich die jetzigen Gedanken über meine Partnerwahl auslasse, so schlimm bin ich nicht dran.

Immer noch besser als die arme alte Frau. Die alte Frau ist im Krankenhaus.

Und der ganze erste Stock des Hauses ist leer.

- 2 -

Das Wohnzimmer in diesem ersten Stock erinnert an ein Theateratrium.

Ein buntfarbiges Gewirr von Kostümen auf den Fotos der Vorstellungen aus der ganzen Welt.

Und auf ihnen ein anziehender Mann.

Ich sah einmal sein Poster in Prag, auf dem Platz der Republik, gleich neben dem Eingang zur U-Bahn.

Ich stand dort, direkt vor jenem Poster, in meinen Second-Hand-Klamotten und rauchte eine Zigarette (guter Tabak gibt mir viel Ruhe).

Und so schaute ich in das Papiergesicht eines eleganten Schönlings in einem langen und höchstwahrscheinlich auch nicht billigen Mantel und es fiel mir dabei ein, dass ich mir solche Sachen nur anschauen kann ... (sowohl den Mantel als auch den Mann).

Dann sorgte ich zufällig für seine Mutter in meinem Pflegejob. Und als ich ihn persönlich kennenlernte, stellte ich fest, dass der Fakt, dass ihr gutes Geld verdient und euch einen teuren Mantel kaufen könnt, nicht unbedingt bedeuten muss, dass ihr arrogante Idioten seid.

Es hängt davon ab, was für eine Person man ist.

Arm sein muss nicht unbedingt heißen, gut zu sein.

Reich sein muss nicht unbedingt heißen, böse zu sein.

Und umgekehrt.

Wenigstens meiner Meinung nach.

- 3 -

Seitdem ich für die alte Dame nicht mehr sorge, habe ich seit drei Tagen nicht viel im Haus zu tun. Mein Arbeitsvertrag kann in diesem Fall erst nach einer Woche aufgelöst werden. Ich bügelte also wenigstens die Wäsche. Einschließlich meiner eigenen Stücke. Alles für die Abfahrt vorbereitet. Aber wohin eigentlich? Wo ist mein „Zuhause"? Nirgendwo. Nur der nächste Sprung ins Unbekannte.

Ich starre meine Mail-Postfächer an.

Ich bin in den letzten Jahren vielen verschiedenen Menschen begegnet. Mein Facebook-Account ähnelt einer Pinnwand mit einer Weltkarte. Nur sagen „Hier kenne ich auch jemanden!" und dort eine Flagge einstechen. Lediglich die geografische Amplitude fehlt. *Nur waren sie alle oft sehr kurz. Und oberflächlich – deine Bekanntschaften. Nicht wahr?* Hm. Vielleicht. Jene Menschen haben über meine Vergangenheit, über meine Situation nichts gewusst. Ich wollte mein richtiges Gesicht nicht enthüllen. Eigentlich eines meiner vielen Gesichter ...

Aber ihr – macht dies niemals. Falls ihr echte Freunde habt, die werden euch immer akzeptieren, auch wenn ihnen etwas nicht gefällt.

Und falls nicht, wofür sind eigentlich „Freunde" da? Sind sie nur für Momente des Behagens?

Du hättest das versuchen sollen, als sie in der Nähe waren. Jetzt sind sie alle weit weg.

Vielleicht bist du viel zu verschlossen, verschlossen, verschlossen ...

Das hat aber auch Vorteile – zum Beispiel, dass du niemandem verrätst, um wessen Mutter du dich hier gekümmert hast.

Aber das ist doch selbstverständlich. Von genau diesen Angelegenheiten, beispielsweise dem Unglück einer bekannten Persönlichkeit, davon würde ich doch niemals jemandem erzählen. Weder für Geld noch für Ehre, weder ... noch ...

Ich konnte in jenem schönen Haus doch bleiben. Hervorragendes Essen, Speisen, die ich niemals in meinem Leben gegessen hatte. Solche Gerichte, die wir uns in meiner Kindheit, als ich nur mit meiner Mutter lebte, nicht leisten konnten (entweder aus Geldgründen oder einfach, weil solche Lebensmittelarten in den Zeiten des Kommunismus in meinem Land gar nicht verkauft wurden).

Ich konnte bleiben. War es an mir, so viel zu sehen, dass ich keinen Platz habe, wohin ich gehen könnte? Ich sprach davon doch nie. Ich habe lediglich einen Koffer und eine Schultertasche. In ihnen mein ganzes Eigentum. Das wertvollste Ding ist mein Laptop. Mit meinem ganzen Leben drin. Fotos und Erinnerungen. Sogar Fotos meiner Eltern, aus der Zeit, als ich noch nicht auf dieser Welt war.

Eine ansehnliche junge Frau sitzt auf dem Schoß eines ansehnlichen jungen Mannes. Sie lachen. Sie sehen auf dem Foto so glücklich aus! Schade, dass ihre Liebesgeschichte bereits in meinem zwölften Lebensjahr ein Ende nahm.

Uff, der Koffer ist aber wirklich schwer. Ich schleppe mich mit ihm schon seit einer halben Stunde. Zur Bushaltestelle.

Und uff, uff, noch einmal heben und schwupp mit ihm in den Bus!

Ich „falle" an der Haltestelle Hamburg Zentraler Omnibusbahnhof aus dem Bus heraus.

Umstieg. Uff, uff. Und den Koffer wieder in einen Zug des öffentlichen Nahverkehrs.

Es sitzen „normale" Menschen dort:

Eine angejahrte Frau im blasslila Kostüm. Glatzköpfiger Mann mit Brille und gestreiftem Hemd, der mich mit einem interessierten Blick beobachtet. Hilfe! Lieber werde ich meinen Koffer allein tragen ...

Vom Bahnhof aus meine Unterkunftsstelle zu erreichen, wird etwa zwanzig Minuten dauern.

Ein überfüllter Straßenbahnwagen.

Menschen, die Koffer in den öffentlichen Verkehrsmitteln schleppen, wirken vielleicht nicht so sympathisch. Ja, warum starren fast alle mich so an? Nicht jeder hat doch Geld genug, um ein Taxi zu bezahlen. Uff, uff.

Beim Aussteigen schätzt ein hinter mir stehender Junge nach dem Ausdruck seines Gesichts, dass ich nicht imstande bin, den schweren Koffer zu heben. Sorry, aber meinen Koffer kann ich jederzeit tragen ... Ich nehme niemals mehr mit, als ich imstande bin zu tragen. Und sogar in diesem Fall, wenn sich im Koffer eigentlich mein ganzes Eigentum versteckt ...

Es ist achtzehn Uhr und sechs Minuten. Ich sollte zu irgendeiner Adresse gehen, wo ich übernachten kann. Die Unterkunft hatte ich gestern online gebucht.

- 5 -

Die Frau spricht sehr schlechtes Deutsch. Vielleicht eine Türkin. Die Hauptsache ist für sie, dass ich zahlen kann. Na, viel Geld habe ich nicht mehr. Und was ich mache, ist riskant. Aber ich sehe nun keine andere Möglichkeit. Es wird mir der Schlüssel vom Haus übergeben. Und von der Wohnung. Meine Kreditkarte wurde bereits belastet. Es ist bezahlt.

Ja, es geht. In groben Konturen. Übernachten kann man hier doch. Und morgen werde ich gehen und mich um einen Job bewerben.

Ich bin nervös. Ich wälze mich im ich weiß nicht wievielten Bett meines Lebens und kann und kann einfach nicht in den Schlaf finden.

So gerne würde ich einen normalen Job haben. Ein normales Leben. Meine Arbeitsstunden abarbeiten und dann freihaben. Und dann zum Beispiel ins Kino gehen. Die Zeit und den Raum haben, an jenen, den ich liebe, in solchen Augenblicken, wenn ich ihn nicht sehen kann, zu denken. So gerne.

Vielleicht liegt es daran, wie du aussiehst. So atypisch. Viele Menschen auf der Welt ähneln einander. Sie sind wie „aus einer einzigen Schachtel", obwohl sie in manchen Fällen sogar aus verschiedenen Weltteilen stammen. Nur du siehst wie „eine Außerirdische" aus.

Genau. Leider. Und es hängt weder von der Nationalität noch vom Heimatland ab.

Man darf sich nur nicht entmutigen lassen. Diese Lady kommt mir ein wenig affektiert vor. Ich habe keine Ahnung, was auf mich wartet.

„Ich kann Ihnen eine Drei-Viertel-Beschäftigung anbieten. Dreißig Stunden pro Woche", sagt sie.

Ich überschlage das rasch im Kopf. *Entscheide dich schnell, wahrscheinlich will sie nicht ewig auf deine Antwort warten ...*

„Ja", ich höre mich selbst sagen. „Ja."

(Wenn ihr kein Geld habt, könnt ihr euch eine Arbeit nicht so lange auswählen, wie wenn ihr Geld habt. Ist logisch, oder?)

Ich beginne also ab morgen zu arbeiten. Meinen Vertrag soll ich auch morgen erhalten.

„Und wo wohnen Sie hier?"

Redlich diktiere ich die Anschrift des Hotels. Nur die Zimmernummer lasse ich aus.

Ich denke an nichts mehr. Ich habe Arbeit!!! Hurra!!!

Aber ich sollte noch eine Wohnung finden.

Der erste Monat geriet mir also nicht besonders gut. Ich zähle mein Geld von allen Seiten und trotzdem gelingt es mir nicht, zu irgendeinem Schluss zu kommen. Das günstigste Hostel ist völlig belegt, deshalb muss ich ein Einzelbettzimmer nehmen. Aber das ist eigentlich großartig – ich werde es selbstverständlich genießen! Nur mit dem Geld kommt es nicht ganz aus ... Wie ich das nur lösen könnte ... Vielleicht ist es ... doof ..., was mir jetzt einfällt ... Wenn ich freie Tage habe und nicht in der Arbeit bin, ... könnte ich vielleicht – eine Nacht draußen verbringen. Ein Einchecken in Hostels ist gewöhnlich ab zwei oder drei Uhr nachmittags möglich. Ich könnte mich dann also gleich hinlegen und nonstop schlafen, nachdem ich die ganze Nacht wach gewesen bin. Oder? Eine einzige Nacht. Das muss ich doch physisch aushalten. Viel wichtiger ist ... Essen. Ohne Essen hätte ich keine Kraft. Ich rede mit niemandem über meinen Plan.

Ich habe hier, in der neuen Arbeit, sowieso keine Freunde.

Was ist an dir auch so attraktiv, dass jemand mit dir eine Freundschaft anknüpfen möchte? Geld hast du nicht, Klamotten billig, Zähne schlecht und Arbeit wahrscheinlich eine der schlimmsten in dieser Stadt ... Da hast du wirklich viel im Ausland geschafft!

Und wie ich dieser spitzigen, unhörbaren Stimme zuhöre, möchte ich auch mit mir selbst keine großen Freundschaften schließen ...

Aber trotzdem Vorsicht – ich wähle meine Freunde sorgfältig aus. Ich besitze doch auch das Recht, mir meine Freunde auszusuchen. Sogar wenn ich nicht viel Geld habe ... Sogar wenn ...

– 8 –

Na, von der mir zugeteilten Uniform, genauso wie von jeder Uniform, bin ich eben nicht sehr begeistert. Die Hose ist beige und das T-Shirt ist weinrot, mit einem feinen kubischen Muster. Ich würde mir wünschen, dass das T-Shirt wenigstens ein bisschen sexy wäre … Aber jene lächelnde Lagerarbeiterin mit rosigen Wangen steckt mir leider ein T-Shirt von der Größe „X-Large" zu und macht ein solches Gesicht dabei, als ob es sich um einen Schatz handeln würde.

Das T-Shirt ist eine Nummer größer, als mir passen würde. Ein zu enges T-Shirt könnte mich angeblich bei der Arbeit hemmen.

Da bin ich also neugierig, worin meine Arbeitstätigkeit bestehen wird.

Ich habe bisher nur ein oder zwei alten Personen geholfen. In den Familien. Auf dieser Abteilung gibt es jedoch etwa dreißig alte Menschen.

Mein erster Dienst ist Spätdienst. Das ist ja toll, wenn man nicht ganz früh morgens aus dem Bett muss …

Ich bin angespannt wie eine Schnur – also – was ist hier zu machen?

Wenn ihr den ersten Tag auf einem Arbeitsplatz seid, wisst ihr noch nichts und es scheint euch alles einfach zu sein.

Einen feschen Begleiter verfolgen, ohne dass ihr euch dessen bewusstwerdet, dass er für alle Arbeit tatsächlich allein zuständig ist und noch die Zeit finden muss, euch zu zeigen, wie und was (vielleicht wartet auf euch künftig dasselbe Schicksal). Und das alles kann in euch eine – aber eine sehr, sehr kurzfristige – Idee hervorrufen, dass ihr hier umsonst bezahlt werden könntet.

Die Nachmittagsschicht fängt an.

Zuerst bereiten wir die Tische zum Kaffeetrinken vor:

Auf jeden Tisch eine große Kaffeekanne und eine kleine Porzellankanne mit Milch.

Bei jedem Teller dürfen ein Teelöffel und ein Gäbelchen auf keinen Fall fehlen. Und noch eine Untertasse unter jede Tasse stellen.

Und natürlich – eine Serviette darf nicht vergessen werden!

Und noch – etwas ganz Neues – ein leeres Glas für Wasser dazu, obwohl sich – leider – neunundneunzig Prozent der hiesigen Senioren viel mehr für Kuchen als für Wassertrinken interessieren. *Und wehe dir, falls du vergessen solltest, diese Wasserflaschen auf die Tische zu stellen! Und den Kuchen in Stücke schneiden und gerecht verteilen. Und auch die liegenden Patienten nicht vergessen!*

Klar. Auf dem Metallküchenwagen sind noch drei Tabletts für diejenigen, die aus ihrem Bett nicht mehr aufstehen können. Für diejenigen, die zwar noch essen können, aber einfach nicht mehr zum Tisch im Speisesaal gelangen können …

Und schließlich ist alles für das Kaffeetrinken bereit.

Ausatmen können wir aber tatsächlich nie. Ich und mein neuer Kollege Max.

„Ha-ha", er lächelt.

„Bist du aus Ostdeutschland?", frage ich ihn, ohne damit etwas Pejoratives zu verbinden. (Eigentlich, ich bin hier neu und er arbeitet in diesem Pflegeheim schon länger – aber ich kann ihn also als „einen neuen Kollegen" bezeichnen, genauso wie alle anderen Mitarbeiter. Ich hoffe, dass es ihm auch nicht einfällt, dass ich mit meiner Frage etwas Schlechtes meinen könnte.)

Max nickt und es ist mir auf einmal klar, warum ich ihn nicht so gut verstehen kann.

Seine wörtliche Äußerung unterscheidet sich so sehr vom sogenannten „Hochdeutsch", das ich im Norden Deutschlands oft gehört hab …

Also, dies wird wirklich schwierig sein … Es ist schließlich ein Glück, dass er immer so wenig spricht.

Aber ich hatte auch gar nicht darüber nachgedacht, dass diese Arbeit physisch so anstrengend sein kann …

Aber doch! Einige derartige Ideen haben dein Gemüt besucht.

Altenpflege. Das kann man sich ohne harte Arbeit doch kaum vorstellen ...

Die Personalbesetzung für eine Schicht? Zwei Pflegehelfer und eine ihnen Übergeordnete – sog. „Pflegefachkraft" (die Person, an der, tatsächlich, die Bearbeitung der gesamten Dokumentation liegt und die fachlich-gesundheitlich entsprechend geschult ist – zum Beispiel für den Fall, dass jemand zum letzten Mal ausatmet). Gewöhnlich ist eine solche Person in jeder Schicht – oder sollte es sein.

Und zwei Pflegehelfer für eine Schicht, das bedeutet – in der letzten Zeit – ein Ganzer plus ein Stück eines Pflegehelfers. Dieses „Stück eines Pflegehelfers" wird meistens durch einen totalen Neuling dargestellt, der seinen ersten, im besseren Fall zweiten Tag bei dieser Beschäftigung verbringt.

- 9 -

Nach drei, vier Stunden einer unaufhörlichen Arbeit denke ich schon an eine gute Zigarette und die (für mich) damit verbundene ultrakurze Entspannung. Ich bin hier bei Weiten nicht die einzige Person mit solchen Ideen. Besonders wenn euch vollständig klar ist, dass eure Pause schließlich nicht stattfinden wird und dass ihr mit höchster Wahrscheinlichkeit noch Überstunden oder wenigstens Halb-Überstunden machen werdet ...

Und es ist eure Unvollkommenheit, wenn ihr nicht schafft, innerhalb von zehn, fünfzehn Minuten einen kraftlosen Menschen anzuziehen und zu waschen. Das darf doch kein Problem sein! Aha ...

Es scheint vielleicht, dass es wirklich zu schaffen ist. Die Leistungstabellen stammen wohl von jemandem, der diese Arbeitsaktivitäten niemals in der Praxis ausführte ...!? Oder? Wer weiß.

Es will euch nicht eingehen, dass es mindestens fünf Minuten dauert, bis ich einen Alten überhaupt aus seinem Bett kriege und ihn auf seine Beine stelle.

Dann sucht er weitere fünf Minuten seinen Stock und dann muss er noch auf die Toilette ...

Und falls er sich bei dieser Mechanisierung noch unterhalten möchte, dann hat er oder sie ein wirkliches Pech ...

Dies ist jedoch die bessere Variante. Variante „Number one".

Variante „Number two", und gleichzeitig die schlimmere Variante, ist, dass die Windel nicht aufhält, was sie aufhalten sollte, sodass es zu allem Obengenannten noch ein ordentliches Duschen geben muss ...

Manchmal tut es euch echt leid, dass wegen eines Bettüberziehens dann keine Zeit für Duschen ist. Das heißt – nur ein ordentliches Waschen – bessere Dienste können wir nicht anbieten! Sorry.

Auch Herr Bärtig „will auf die Toilette gehen". „Gehen" ist wahrscheinlich nicht das richtige Wort. Herr Bärtig kann sich nur sehr schlecht bewegen, deshalb ist es nötig, einen Toilettenstuhl zuzustellen.

Herr Bärtig wiegt einhundertzwei Kilo (wir mussten ihn gestern wiegen, darum weiß ich das so genau). An seinem Toilettengang müssen darum am besten drei Personen beteiligt werden.

Zwei von ihnen halten Herrn Bärtig unter seinen Armen, jede von einer Seite, und die dritte Person zieht dann seine Hose superschnell runter, dann auch die Unterhose und, sobald er mit seinem „Werk" fertig ist, wischt sein Po ab ...

Oder – beispielsweise Zora.

Starke Altersdemenz.

Aber Essen schmeckt ihr immer noch gut.

Gerade bei ihr hätte ich ohne ihre ergiebige Zusammenarbeit keine Chance, sie aus dem Bett herauszuziehen.

Wie solltet ihr sie innerhalb von fünf Minuten anziehen, wenn es mindestens fünf Minuten dauert, bis sie begreift, dass es vielleicht bereits wieder einen Morgen gibt?

Sie starrt mich an mit ihren halbgeschlossenen Augen. Im mehr als luxuriös ausgestatteten Zimmer mit Klinken aus Katzengold breitet sich ein kräftiger, heißer Geruch aus. Mein Magen, der um Viertel nach fünf, als ich aufstand, nicht zu viel gesättigt wurde, scheint sich umzudrehen wie ein leerer Plastiksack. Ich muss das überwinden. Überwinden. Überwinden.

Ich laufe ins Badezimmer. Nur für einen kurzen Moment. Ich schließe die Tür. Ich atme tief ein. Einmal. Zweimal. Dreimal. So.

Und jetzt zurück. Zuerst muss sie – mir ist es fast schon egal, wie – aus dem Bett.

Sie ist nicht ausgesprochen dick. Nur schwer. Und es ist immer noch zu erkennen, dass sie einst, wahrscheinlich vor vielen, vielen Jahren, eine geile Figur hatte. Sie hat auch immer noch sehr schöne, dichte, blondgraue Haare. Man könnte sie mindestens zehn Minuten nur kämmen und kämmen ...

Das ist Zora.

Zuerst ist es nötig, sie im Bett aufzusetzen. Sie kippt ständig nach hinten über, und die Windel, voll von Schmutz, schiebt sich dabei, ganz gefährlich, weiter nach vorne.

Wenn ich nun eine Hand mehr hätte ... Oder lieber zwei ...

Ah ... Sie sitzt schon! Aber nun muss ich ihr erklären, dass sie sich hinstellen muss ... Sie hält sich fest am Griff des Rollators ... und dann gelingt es mit dem Auf-die-Beine-Stellen schon.

Und nach dieser Berührung erinnert sie sich bereits daran, dass sie beim Gehhilfsmittel steht.

Eins, zwei ... Richtung Badezimmer.

(Das Bettzeug ist zwar vom Stuhl verschmutzt, und das kann ich nicht ignorieren, aber in erster Linie müssen wir ins Badezimmer.)

Nur, um Gottes willen, geh nicht wieder aus dem Badezimmer raus ...

In einem solchen Fall würde es viel Kraft kosten, ihr zu erklären, dass sie ins Bad zurückkehren soll.

Es dauert etwa drei Minuten, bis sie anfängt zu verstehen, dass sie sich auf die Toilette hinsetzen soll. (Am liebsten würde ich sie dort bisweilen drücken, obwohl man das nicht tun sollte. Dies alles ist einfach ein großes Geduldspiel...)

Oh, und nun richtig auszunutzen, dass sie endlich sitzt!

Ja, endlich sitzt sie und beobachtet mich mit ihren überraschten, hin und her blickenden Augen.

So. Und jetzt sie aufrichten und ihren Körper mittels des Rollators stützen. Und den Po und die Pussy abwischen. Wie bei kleinen Kindern.

Nein, nur fast wie bei kleinen Kindern. Und angesichts der Tatsache, dass die Stuhlflecken an den Waden enden, kann man dabei auch wirklich ordentlich turnen ...

„Nein, nein, das ist nicht für dich!" Sie weigert sich.

Ja, ich bin einverstanden und habe dasselbe Gefühl. Aber was soll ich machen, wenn ich schon so weit aufgebrochen bin und keine bessere Arbeit finden kann ... Es gelingt mir nicht... Warum?

Aber sie, sie kann doch nicht dafür. Deshalb fühle ich gar keinen Schimmer von Ärger.

Ja. Und ich habe doch auch Erfahrungen mit Tieren, die man bei dieser Arbeit auch teilweise nutzen kann.

Wirklich.

Wir hatten immer ein Tier zu Hause. Besonders Hunde und Katzen. Meine Begabung für die Beseitigung von Exkrementen stammt also bereits aus meiner Kindheit.

Ich habe meine Tiere mit Liebe versorgt.

Und jetzt ...

Patienten ...

Sich kümmern – das bedeutet ungefähr – Hilfe beim Aufstehen, Waschen, Ankleiden, Frühstücken ...

Es kann ganz einfach klingen, aber wenn ein Mensch überaltert und zum Teil oder komplett immobil ist, ein Hörgerät tragen muss, herausnehmbare Zähne – Zahnersatz hat, schlecht sieht und wie ein Bonus noch ein fortgeschrittenes Stadium der Demenz hinzukommt, kann ein solches „morgiges Aufstehen" genug Zeit in Anspruch nehmen.

Besonders in Fällen, wenn ihr in einer anderen Abteilung einspringt, wie gerade ich, und die hiesigen Greise nicht kennt ... Und sie kennen euch auch nicht und sie hatten weder die Möglichkeit, euch etwas besser kennenzulernen, noch Vertrauen zu euch zu fassen.

- *11* -

„Aufstehen!", wecke ich einen unbekannten Alten, der sich seine Augen reibt.

Es wäre angemessen, seinen Körper wenigsten ein bisschen abzuwaschen. Sein Gesicht. Seine Ohren. Das fleckige T-Shirt, in dem er geschlafen hat, auszuziehen. Und auch die Windel gegen eine frische zu wechseln.

Hier muss man wirklich alles in Handschuhen tun …

Ich schaue mir das, was ich mache, wie einen Film an, in dem ich keinesfalls die Hauptrolle spiele …

Ich schaue es mir an wie einen Film, in dem ich eigentlich gar keine Rolle spiele.

Die Person, die jene schmutzige Arbeit macht, ist mir nicht bekannt.

Aber jetzt braucht jene unbekannte Person, die in diesem Film gar keine Rolle spielt, eine Windel Größe XL, um diesen machtlosen Opa zu versorgen. Im Lagerschrank befinden sich leider keine mehr. Also auf die dritte Abteilung? Dort haben sie sie bestimmt noch.

Ja, sie haben noch. Aber auch nicht so viel übrig.

Sie müssen bestellt werden. Es ist nötig, dass in der verglasten Tür des Dienstraums zu sagen. „Windelhosen bestellen!" Hauptsächlich nicht vergessen! Nicht vergessen! Größe XL.

Aber nun – schnell zurück. Der alte Mann sitzt auf der Toilette – mit der Unterhose bis zu seinen Knöcheln runtergezogen. Und wartet.

Ich habe ihm gesagt, dass er warten soll. Aber bei der Stufe seiner Demenz … Ich hoffe, dass er mit seiner runtergezogenen Unterhose gerade nicht durch den Flur marschiert. Ja, ich muss schnell zurück!

Ein Moment der Spannung – wenn er wirklich im Korridor spazieren sollte, wäre das natürlich MEINE Schuld.

Glücklicherweise hat er sich nur von der Toilette erhoben und nun geht er mit dem nackten Po hin und her durch das Zimmer. Einfach ins Zimmer und dann wieder zurück ins Badezimmer.

„Nö, nö, nö", spreizt er sich und ich drücke ihn leicht auf die Toilette zurück.

„Lass!", flüstert er drohend.

Also. Jetzt muss ich ihm das T-Shirt, in dem er geschlafen hat, irgendwie ausziehen. Und er ist scheinbar nicht fähig zu begreifen, dass ich ihm dann selbstverständlich etwas anderes anziehen möchte.

UFF!!! Schon habe ich ihn teilweise ausgezogen.

Zweimal UFF!!! Ganz ausgezogen.

Was noch ... Ja, die Toilettenschüssel in einen Spüler stellen. Das sind solche speziellen Spüler. Wie in einem Geschirrspüler Teller gewaschen werden, so spült man in diesen Spülern Plastikurinflaschen und Stuhlschüsseln ab. Dann – guten Appetit!

Und verschmutzte und befleckte Handtücher, die gehören in den zuständigen Sack für schmutzige Wäsche. Es gibt Säcke mit einem gelben, einem blauen und einem roten Streifen, hängt davon ab, auf wie viel Grad die Stücke gewaschen werden sollten ...

Ja, aber vorher noch eine Seife und eine kleine Kunststoffwanne mit Wasser. Das Wännchen in die Toilette auskippen und richtig spülen. Die Seife zurück ins Badezimmer aufs Waschbecken – in die rechte obere Ecke – legen.

Und nun muss ich Zora zum Frühstück holen.

Ich lege ihre beiden Hände auf die Griffe des Rollators und meine rechte Hand stecke ich fein unter ihren linken Arm, um die Bewegung ihres Körpers in der richtigen Richtung zu halten.

Aber meinen weiteren Instruktionen nachkommen, das will Zora wirklich nicht gern. Da sie sich nicht vorstellen kann, dass auf sie gleich um die Ecke warmer Kaffee und ein Erdbeerenmarmeladebrötchen warten.

Sie macht ein solches Gesicht, als ob sie gar keine Ahnung hätte, wohin ich sie führe. Sie richtet ihren steinernen Blick vor sich auf den Boden und in ihre eigene Welt versunken nimmt sie scheinbar keinen Kontakt mit mir auf.

Aber sie bewegt sich mit ihrem Rollator doch weiter nach vorne.

Ich hoffe, dass das Essen mit Zora besser ausgehen wird als das Waschen. Sie grinst mich verschmitzt an, während ich einen Bissen vom Brot auf ein Löffelchen nehme und ihn in ihren Mund stecke. Weiter isst sie schon selbständig ... Sie gefällt mir. Obwohl sie teilweise inkontinent ist und viel Hilfe einfach bei allem benötigt.

Sie gefällt mir, aber zu Hause müsste ich sie nicht um jeden Preis haben. Also, wenn ich manche „zu Hause" hätte ... Es ist vielleicht ähnlich, als würde euch ein Tiger oder ein Elefant gefallen. Es ist bestimmt nicht so einfach, wie es scheinen könnte, für sie zu sorgen ...

Nach Zora kommt die ganze „Squadra" von Greisen einzeln. Also, wenn ihr einen Korridor voll von Rollatoren seht, ist es ganz „spaßig".

Ein Rollator – ein gutes Sicherungsmittel für alte Leute, das verhindert, dass sie beim Gehen vorwärtsfallen.

Ich werde vielleicht auch einmal einen haben. Vielleicht würde es mir sogar nichts ausmachen, wenn ich ihn in einem „angemessenen" Alter bekommen werde.

Ich würde mich nur ganz freuen, wenn neben mir noch ein Rollator wäre, gelenkt von jemandem, der mich wirklich liebt. Und neben jenem möchte ich eines Tages und in einem „angemessenen" Alter vielleicht sogar sterben. Vielleicht direkt in seiner Umarmung.

So etwas wünschen sich vielleicht fast alle Frauen. Und vielleicht auch Männer, das kann ich nicht so gut beurteilen.

Aber kaum jemand stellt sich vor, in seinem oder ihrem „letzten Moment" mit seinem oder ihrem Portemonnaie oder luxuriösen Haus zu sein. Sogar diejenigen nicht, die sich ihr ganzes Leben so verhielten, als ob sie es sich gewünscht hätten. Was ist also in einem menschlichen Leben wesentlich?

So, tschüss Zora und einen schönen Tag noch (obwohl dir die Dementia nicht ganz ermöglicht, mich zu verstehen)! Ich muss jetzt nämlich nochmals zu Herrn Bärtig.

Herr Bärtig schläft schon. (Gott sei Dank dafür.)
Und ich, komplett verhungert (auf warmes Essen kann ich mich erst am Abend freuen), rase in den Umkleideraum.
Ich habe nur fünf Minuten dafür, mir Zivilkleidung anzuziehen, um den nächsten Zug zu schaffen. (Der Zug, mit dem ich ursprünglich fahren sollte, hat wahrscheinlich bereits sein Ziel erreicht.)
Ich ziehe meine Hose superschnell aus und gerade dabei klingelt mein Handy. Oh nein! Aber – es ist eine nächste Unterrichtsanfrage. Die nächsten Stunden. Und nun – mit dem Handy in einer Hand und mit dem T-Shirt, das ich bereit bin, mit einem einzigen mächtigen Zug über meinen Kopf zu ziehen, in der zweiten – sage ich begeistert, dass ich das Angebot annehme.

Die erste Unterrichtsstunde war nicht schlecht. Ein bisschen Englisch auf Deutsch zu unterrichten, das kann nie schaden …

Nur für das Schlafen bleiben nach der Rückkehr nicht viele Stunden übrig.

Und wieder Morgen. Und wieder bin ich bei der Arbeit.

Ich betrete dieses Zimmer zum ersten Mal. Ein Zimmer, das von einem uralten Ehepaar R. bewohnt ist.

Und was ist dies?

Mein Gott, das ist ein Katheter.

So. Diesen kleinen Schlauch möchte ich in meinem Damm sicher nicht haben.

Aber diese Frau, Frau R., hat ihn leider.

Ihr Ehemann steht neben ihrem Bett und hält ihre Hand. Jeden Tag. Jeden, einen jeden Tag.

Sie machten wohl Liebe.

Also, sie haben bestimmt Liebe gemacht, als sie noch nicht den kleinen Schlauch in ihrem Schritt hatte.

Sie werden wahrscheinlich nie mehr ordentlich Liebe machen ...

Manchmal unterhalten sie sich.

Ein andermal schweigen sie nur.

Sie können nicht mehr Liebe machen.

Es ist so traurig.

Sie weinen trotzdem nicht. Sie weinen nicht mehr.

Vielleicht gingen ihre Tränen aus. Wie lange wird Frau R. noch leben? Wer weiß.

„Sara", stelle ich mich vor.

Ich hebe ihre verwelkte, blasse Hand hoch und berühre mit drei Fingern die Mitte ihres runzligen Handtellers.

„Sara", wiederholt sie meinen Namen und lächelt von Mundwinkel zu Mundwinkel.

Es sieht gar nicht wie das Lächeln eines kranken Menschen aus. Also, wenigstens nicht wie das eines Menschen mit einer unausgeglichenen Psyche.

Es ist ein kleines großes Mirakel. Kann eine Person, die an einer tödlichen Krankheit leidet, seelisch ausgeglichen sein? Oder verursacht das einfach jene große männliche Hand, die ihren Handteller noch vorher gestreichelt hatte, bevor ich ihn berührte?

Aber da weist Max bereits ihrem Mann höflich den Weg zur Tür. Dann drehen wir Frau R. zu zweit in ihrem Bett um. Die linke Hand ist gelähmt und wir müssen aufpassen, um ihre Körper nicht auf diese Hand zu legen ...

Es ist wahrscheinlich doch alles zu viel für mich. Und noch dazu – ich kann diesen Jungen, Max, kaum verstehen.

Ich bin jetzt auch ein bisschen verwirrt. Vielleicht ist es mir anzusehen. Aber wenn man hier schnell Deutsch spricht, muss ich mich meistens zuerst für eine kurze Weile „abstellen", um verstehen zu können. Ich reagiere auf eine Mitteilung also meistens nicht sofort und in meinem Gesicht kann in solchen Momenten auch ein teilweise dümmlicher Ausdruck erscheinen.

Wir haben eben unsere Mittagspause im kleinen Garten, der zu „unserem" Altenheim gehört. So sitzen wir auf Kunststoffstühlen in den Strahlen der untergehenden Sonne.

Es sind bestimmt mehr alte Ladys als alte Gentlemen auf unserer Abteilung. Die Ladys, die imstande sind, noch selbständig zu gehen, und noch bei Sinnen sind, halten zusammen.

Männer haben wir zwei. Einen mit Alzheimer, noch nicht so alt, und dann noch einen, der schon wirklich sehr alt ist. Sein Teint ist wie mit einem Kakaoguss überzogen und sein Haar, als ob es mit Rabenflügeln bedeckt wäre. Es stimmt, dass es schon ein bisschen mit grauen Fäden eines hohen Alters durchwebt ist. Aber er hat (vielleicht künstliche) immer noch strahlende, weiße Zähne.

Als er jung war, müssen die Frauen nach ihm gelechzt haben, fällt mir ein.

Er setzt sich zu uns. Die Zähne sind keinesfalls seine ursprünglichen, aber sie sind wirklich schön gemacht.

Auf jeden Fall, dieser alte hochgewachsene Mann ist ein kecker Bursche.

„Woher bist du?", fragen wir einander.

„Montenegro", sagt er. „Ich bin hier seit fünfundfünfzig Jahren. Am Anfang war alles sehr schwer, ich bin in Deutschland angekommen, als ich etwa zwanzig Jahre alt war. Aber ich habe allmählich Freunde gefunden und dann ist es schon besser gegangen ... und so ist das ausgegangen, wie das ausgegangen ist ..."

Er lächelt.

Es ist interessant, dass er nicht sagte, dass er aus Jugoslawien stammt, sondern direkt aus Montenegro. Damals existierte bestimmt noch Jugoslawien ...

Meine Mutter sei sogar nach Jugoslawien fast verheiratet worden. Sie hat mir das einmal erzählt. Ich kenne jene Geschichte über einen hübschen, dunkelhäutigen jungen Mann. Über seine Eltern. Über ein Kreuzchen, das über der Tür in ihrem Haus hing. Darüber, dass sein Vater meiner Mutter bereits eine Arbeitsstelle in einem dortigen Krankenhaus gesucht hatte. Sie hätte dort als Krankenschwester arbeiten können, aber angeblich, als sie sich jenes Krankenhaus und seine Ausstattung angeschaut hatte, begann sie sich ein wenig zu ängstigen. Und so und bestimmt auch aus anderen Gründen kehrte sie in ihr Heimatland zurück, und kurz danach begegnete sie meinem Vater ...

Ja, ich meine, das war jedenfalls wirklich nicht lediglich wegen jenes Krankenhauses. Sie hatte zu wenig Mut.

Sie sagte mir das nämlich ein wenig selbst. „Ich hatte Angst, mich mit einem Jungen zusammenzusetzen, der aus einem anderen Land und einer anderen Kultur stammt ..."

Es war wahrscheinlich gar nicht einfach für sie, sich zu entscheiden.

Aber nun ist unsere Pause vorbei und wir müssen an unseren Arbeitsplatz zurückkehren.

Und das Mittagessen ausgeben.

Mit Speisenverteilung habe ich bestimmte Erfahrungen aus meiner Ferienarbeit in einem Krankenhaus, aus der Zeit, als ich ungefähr sechzehn Jahre alt war.

Ich weiß nicht warum, aber obwohl ich damals auf der Intensivpflegestation als Reinigungskraft tätig sein sollte – und dort ist keine Speiselieferung nützlich, da sich die Patienten nicht mehr klassisch ernähren können (aus diesem Grund ist diese Abteilung für eine Putzfrau nicht so „anstrengend") –, wurde ich statt auf dieser Abteilung in der Abteilung, die CH2 genannt wurde, eingesetzt.

CH2 bedeutete „Chirurgie 2". CH2 mit den überalterten und überwiegend liegenden Patienten. Oft mit Amputationen.

Und dies ist „nur" ein Altenheim. Deshalb wird hier alles leichter gehen. Oder nicht?

Aber im Krankenhaus, wo ich auf der CH2 arbeitete, erlebte ich doch auch richtig schöne Momente.

Einmal zum Beispiel kletterte ich dort auf einen Schornstein hinauf. Wirklich.
Mit einem Freund.
Mit einem Freund, der gerne ungewöhnliche Sachen machte. Ich traf ihn vielleicht – zwanzigmal? Ich wollte ihn immer berühren. Aber das tat ich nie. Da er so hübsch war. Mädels schmachteten nach ihm. Er hatte so schöne lange Wimpern.
Er sagte, dass alles in unserem Gemüt sei. Dort befinden sich auch die Augen, mit denen wir uns selbst, diese Welt und die Menschen in dieser Welt sehen. Es liegt lediglich an uns, in welcher Breite wir jenen Augen erlauben, sich zu öffnen, und welchen Ansichtswinkel wir wählen.
Ja, wir waren damals sechzehn.

Er lebte nach der Scheidung seiner Eltern nur mit der Mutter. Genauso wie ich. Seine Mutter war Doktorin der Philosophie. Ich glaube, das hatte bei ihm auch bestimmte Spuren hinterlassen, da er oft über verschiedene Angelegenheiten nachdachte.
Und auch – wenn euch etwas Schlimmes passiert, es hilft euch immer, wenn ihr liebt. Ja, dass ihr liebt, ist viel wichtiger, als geliebt zu werden. Zu diesem Schluss zum Beispiel kamen wir zusammen.
Ich traf mich mit ihm sogar mit einem Panzer aus Bindestoff um meinen Hals. Einmal schlug ich mir nämlich meine Wirbelsäule im Halsgebiet an, beschwerte mich über Schmerzen, aber meine Mutti sandte mich trotzdem in die Schule. Sie war einfach so. Und wenn ich schon in der Schule sein musste, konnte ich mich natürlich auch mit meinem interessanten Freund ununterbrochen treffen ... Aber bald war ich damit sowieso auf der Chirurgie und der Arzt befestigte jenen ekligen Panzer an meinen Hals.

Ich weiß, dass das meine Mutter nicht im Bösen dachte. Die Schule war das Einzige, was mir die Hoffnung auf ein besseres Leben gab. Wenn es in eurer Familie wenig Geld gibt, Bildung ist eine der wenigen Chancen, wie ihr trotzdem versuchen könnt, in eurem Leben irgendwohin zu gelangen.

Vielleicht.

Wir spazieren.

Still, schweigend.

Es ist ungefähr elf Uhr nachts. Es ist eine helle Januarnacht, mit einer Temperatur von zirka minus zehn Grad Celsius.

„Guck mal auf den Schornstein", sagte er und seine langen Wimpern vibrierten, als ob ein Nachtschmetterling vorbeigeflogen wäre. Ein Nachtschmetterling, der trotz Frost vorbeifliegt. Gerade an uns vorbei, an so einem merkwürdigen Paar. Der Junge, nach dem so viele Mädchen lechzen. Und ich. Ich mit meiner abgewetzten Cordhose und der Brille. (Aber über Sachen wie die Bekleidung unterhielten wir uns gewissermaßen niemals.)

„Möchtest du nach oben hinaufklettern?", fragte er.

„Warum?", war das Erste, was aus meinem Mund herausrutschte.

„Warum nicht", lautete die Antwort.

(Ah ja, wenn mich nur meine Mutter sehen würde, dass ich vorhabe, in der Nacht auf einen Schornstein zu klettern ...)

Zuerst müssen wir ein etwa zwei Meter niedriges Pförtchen übersteigen. Und was noch schwieriger ist: nicht zu viel Lärm dabei machen.

In der kleinen Wachzelle schlummert ein Nachtwächter.

Schornstein. Frost. Aber warum nicht. Angeblich ist das ein geiles Gefühl, wenn du hinaufkriechst.

Und schau nicht nach unten!

Ich schaue nicht. Ich schaue nicht.

Ich sehe lediglich die Stufen der engen Eisenleiter, auf die ich meine Füße setze. Und die feinen, sich direkt am Schornstein befindenden, Anhaltspunkte, die ich mit meinen Fingern „aufsperre". Ich kann nur mein eigenes Atmen und den Frost hören. Das Krankenhausareal in der winterlichen Hoffnung. *Oder Hoffnungslosigkeit.* Mein Atmen stabilisierte sich schon. Mein Herz schlägt wieder mit dem üblichen Tempo und nicht mehr im Galopp der Wildpferde. Und ich sehe nur jene langen Wimpern. Die langen Wimpern, tatterig durch das Winken der Flügel unsichtbarer nächtlicher Schmetterlinge ...

– *14* –

Frau Koko, die Leiterin dieses Pflegeheims, schätze ich auf zwischen vierzig und fünfzig Jahre.

(Ich bin in der Regel nicht imstande, das Alter einer Person besonders genau zu bestimmen. Vielleicht könnte sie doch etwas jünger sein.)

Sie lächelt nur selten. Wenigstens nicht mir gegenüber. Was kann nur der Grund dafür sein? Möglicherweise liegt es daran, was mir kurz nach meinem Anfang an dieser Arbeitsstelle passierte.

Und was passierte?

Aber! Mein letztes Geld ging aus. Man konnte das voraussetzen, aber noch dazu – ich verlor meine Monatskarte für den Nahverkehr.

(Eigentlich trifft „verlor" hier nicht ganz zu. Ich ließ mein kleines Portemonnaie versehentlich bei Lidl auf dem Regal mit Brot liegen, und als mir das nach etwa zwei Minuten klar wurde und ich zu jenem Regal zurückrannte, war das Portemonnaie nicht mehr dort. Na, der Dieb „verdiente" wirklich nicht viel. Ich hatte im Portemonnaie eine Zwei-Euro-Münze und jene Monatskarte.)

So kaufte ich mir für mein letztes Geld eine neue Fahrkarte.

Ja, und danach war mein ganzes Geld wirklich, wirklich ausgegeben.

Als Erstes, nachdem ich festgestellt hatte, dass das Portemonnaie nicht mehr auffindbar ist, versuchte ich, M. anzurufen. Aber meine Versuche, M. per Telefon zu erreichen, sind nur selten erfolgreich. Und diesmal war das auch nicht anders.

Er hätte dich wahrscheinlich später angerufen.

M. ruft nur selten später an. Aber – er schreibt E-Mail-Nachrichten, das ja.

M. hat fast nie Zeit.

Ich fühle große Leidenschaft und gleichzeitig große Verzweiflung bezüglich M. Habt ihr schon einmal jemanden geliebt, mit dem ihr nicht so viel sein konntet, wie ihr euch es gewünscht hättet? So wisst ihr, wovon ich rede …

Und so kenne ich M. seit fünf Jahren und ich muss die meisten Angelegenheiten sowieso selbst erledigen. Wie gerade jetzt.

Ich habe im Zusammenhang mit meiner Beziehung mit M. manchmal auch „schwächere Momente" … In einem von ihnen schrieb ich zum Beispiel Folgendes:

„Die Welt wurde durch Blut verfärbt. Durch einen feuerroten, alles durchdringenden Blutfleck.

Es war jener riesengroße scharfe Pfeil, der mein Herz wie eine spitze Messerklinge durchstieß
Du wolltest weinen.
Kannst du noch weinen, oder gingen deine Tränen aus?
Seine lustigen braunen Augen irgendwo dort in der Ferne bekamen plötzlich einen traurigen Ausdruck.

Oder täuschten sie nur die Trauer vor?
‚Ich liebe dich. Alles ist okay.' Seine Stimme klang nervös und auch er selbst wurde immer mehr und mehr erregt.

Wie ein braunhäutiger, aztekischer Gott, der aufhörte, ein Gott zu sein. Der vielleicht meine ewigen Träume und meinen Un-Sinn für die Realität hasste. Der in manchen Momenten vielleicht sogar mich hasste.

Und so wollte ich das Glas zerbrechen. Zerbrechen durch hässliche Wörter.

Ich weiß nicht, ob jenes Glas zerbrochen ist. Ich weiß nicht.

Irgendwo drinnen, tief in meinem Herzen, bemühe ich mich, mich an den Gedanken zu klammern, dass jenes Glas immer noch ganz ist. Vielleicht nur ein bisschen zerkratzt.

Und parallel jene grauenhafte Angst, dass es das Glas vielleicht nicht mehr gibt.

Eine so riesige Bindung an eine einzige Person. Warum bin ich so? Alle jene Bindungen, die ich durchgerissen habe. All jene zerbrochenen Gläser.

Und möchtest du auch ihn eliminieren?

Und was bleibt mir übrig, wenn plötzlich der ganze Schmerz, Beklommenheit und Misstrauen auftauchen.

Immer oder fast immer, wenn ein Krisenmoment kommt.

Oder ein Moment, den du dir selbst als krisenhaften interpretierst.

Warum willst du ständig zerschlagen? Warum willst du lediglich jenes negative Bild deiner Seele widerspiegeln? Wenn sie tatsächlich immer noch so schön ist?"

Wie aus diesen Zeilen erkennbar ist, ist es nicht ganz leicht, eine dauerhafte Beziehung mit mir zu haben. Wahrscheinlich wie bei vielen anderen Menschen, die in der Vergangenheit eine schwere Verletzung ihrer Seele erlitten haben.

Trotz all dessen mag M. mit mir sein und ich mag mit M. sein. Jederzeit, wenn es uns gelingt, einen freien und geeigneten Augenblick dafür zu finden.

Ich kann M. jetzt nicht und wieder nicht erreichen.

Deswegen, obwohl ich heute endlich einen Tag frei habe, bleibt mir also wahrscheinlich keine andere Möglichkeit, als zur Arbeit zu gehen. Oder habe ich doch eine andere Option?

Zum Beispiel: Deine Stiefmutter anrufen und erniedrigt bitten, dass sie dir wenigstens ein bisschen von ihrem mit dem Geld deines Vaters gefüllten Konto zusendet? Oder wenigstens was borgen, oder? Vielleicht wenigstens mit Zinsen? Auch nicht?

Oh, wie schade ...

Scherzt du vielleicht, du Wichtel?

Miki, mein damaliger Freund ... damals ... schlug mit seiner Faust auf den Tisch. Buchstäblich. Damals war ich achtzehn.

Ich wundere mich nun eigentlich nicht mehr darüber.

Es passierte gerade in dem Moment, als ich von ihm verlangte, dass er mir eine Hälfte seines Hauses schenkt. Tatsächlich konnte er auch kein Haus kaufen, aber er erwarb es dank der Tatsache, dass ihm sein in Österreich lebender Onkel das Geld für den Kauf borgte.

(Schade, solche Verwandten hatte ich nie.)

Es ging mir nicht ums Haus. Ich dachte nur damals ehrlich, dass alles so klar ist: Dass ich Miki heiraten und mit ihm so viele Kinder wie möglich haben werde ... Dass ich mit ihm bis ans Ende meines Lebens bleiben werde ... Alles so klar, wie ich mir das mit jedem meiner Partner vorstellte.

Ich bin nämlich eine solche „einfache Person".

Und Miki lehnte meinen wirklich uneigennützigen Vorschlag trotzdem ab, mit der flauen Begründung, dass ich doch einen Anspruch an der einen Hälfte des Hauses meiner Oma hatte.

Dein Bruder vergaß dich aber irgendwie, obwohl ihr nur zwei Geschwister seid, und behielt das ganze Haus für sich selbst. Stimmts?

Ja, stimmt. Damit kann man nichts mehr tun.

Und deine Eltern machten dagegen gar nichts. Gar nichts, stimmts?

Tut das weh, nicht wahr? Du brauchst fast gar nichts zum Leben, aber sogar um dieses ... „fast gar nichts" musst du kämpfen. Du bist nur eine Ratte. Eine Ratte, die Reste und Abfälle frisst.

Bitte nicht. Sprich mit mir nicht auf diese Weise!

Falls meine Gedanken hörbar sprechen könnten, würde ich mir wahrscheinlich die Ohren zuhalten ...

Du musst nun den Glauben in dich selbst haben.

Und du hast auch einen wahnsinnigen Hunger, aber sag das niemandem ...

Nein, ich sage das niemandem ... Ich fühle jenen Höllenhunger sogar nicht mehr, der meine Eingeweide reizt.

Um mich herum dreht sich eine farbige, glänzende Welt, mit sauberen, gepflegten Straßen und Menschen, die jederzeit, wenn sie möchten, ein Mittagessen in Burger King nehmen können (und die sich nicht immer nur das Menü „König des Monats" für drei Euro und neunundneunzig Cent kaufen müssen).

Und jetzt bezahlst du die Unterkunft und es bleibt dir sogar für dieses Menü nichts übrig ...

Mit dem Koffer, der Tasche – im Grunde genommen mit meinem ganzen Eigentum –und auch mit letzten Kräften finde ich das

Hotel. Nachdem ich ein deutsches Mädel an der Bushaltestelle nach dem Weg gefragt hatte Sie war so nett und freundlich!

Jetzt bist du ein Gast. Eine Touristin. Sei locker. Locker. Locker. Es muss nicht jeder wissen, dass du auf der ganzen Welt keinen Platz zum Leben hast ...

(Vielleicht doch zum Leben, aber nicht zum Wohnen). *Keinen Schrank, in den du deine Sachen hineinlegen könntest. Kein Bücherregal mehr, wie in deinem Kinderzimmer ... Sag mir, was für ein Gefühl das ist ...*

Oder weißt du was?

Schweig lieber.

- 15 -

Frau Koko hat einen ledernen Ausdruck in ihrem Gesicht. Aber dann beginnt sie doch aufzutauen.

„Schließlich, wir sind alle in den Sozialdiensten", sie lächelt herablassend und borgt mir einhundertfünfzig Euro von meinem künftigen Gehalt.

Ich weigere mich, es anzunehmen, mit der Begründung, dass ich „so viel Geld" vielleicht gar nicht brauche, aber die Sekretärin hat die Dokumente für das Darlehen bereits ausgedruckt, deshalb sage ich nichts mehr dazu. Und so habe ich die genannte Eurosumme von meinem künftigen Gehalt ausgeliehen, um die härteste Not zu überstehen. Nach einer Woche in der neuen Arbeit.

Seit diesem Ereignis dachte ich, dass ich mit Frau Koko gut auskommen kann.

Und vielleicht hatte jene Frau, die auf den ersten Blick einen so zugeknöpften Eindruck erweckte, dir gegenüber wirklich keine Antipathie. Vielleicht ... Vielleicht trugen auch deine Arbeitskolleginnen dazu bei ... Und in der Arbeit warst du nie die größte Favoritin.

Vielleicht. Vielleicht trug es auch dazu bei, dass mir dann noch einmal das Geld ausging.

Es passierte in der Zeit, als in der Stadt eine große Messe stattfand und die Preise für die Unterkunft in Hotels markant stiegen. Sie erhöhten sich in manchen Fällen sogar um das Dreifache. Deswegen war es nicht einfach, im nächsten Monat mit dem Gehalt (das, beiläufig, siebenhundertfünfzig Euro betrug) auszukommen.

Dieser Minimallohn ist eben doch höher als der Minimallohn in meinem Land. Aha.

Aber warum bist du eigentlich in diesem Land? Wegen M.? Oder wegen eines verrückten Mädels, das du nach fünfunddreißig Jahren deines Lebens vielleicht schon ein bisschen kennst?

Ich glaubte immer an sie.

Hast du also Vertrauen in sie?
Ich hatte immer Vertrauen in sie.
Aber warum bist du in diesem Land? Ihretwegen? Wegen deiner verrückten Liebe? Glaubst du an die auch?
Ja, ich habe immer an sie geglaubt.
Du arbeitest in Teilzeit. In diesem Land. Für einen Lohn, der zwar höher als ein durchschnittliches Gehalt in den meisten Ländern ist, aber sowieso ist es ein Mindestlohn.
Meine Vorstellung über dieses Land war vielleicht ein wenig naiv. Aber vielleicht funktioniert hier alles wirklich besser als in den meisten Ländern. Oder war meine Vorstellung über mich selbst naiv?

Was wird sein? Diese Frage erhebt sich über jenes Gewirr meines gedanklichen Müslis wie ein Leuchtturm an einer Küste. Was wird sein? Was wird sein? Was wird sein?
Du bist ein Narr, Narr, Narr! Menschen werden Angst vor dir haben, weil du anders bist. Überall auf der Welt! Und noch dazu – dein Gesicht ist zwar weiß, aber fast an jeder Arbeitsstelle endest du wie eine unterprivilegierte Woman of Color.
Ist es nicht interessant? Es ist tatsächlich sehr interessant.
Ja, Frau Koko gab mir Arbeit. Aber sie lachte nicht viel dabei.
Und ich? Ich stellte mir vor, dass ich mit den Alten Spiele spielen werde. Dass ich mit ihnen singen werde. Dabei haben sie hier Positionen wie diese. Aber mit mir sprach einfach niemand darüber, niemand bot mir etwas an. Nicht einmal andeutungsweise. Weder bei meinem Beschäftigungsanfang in dieser Einrichtung noch später.

− 16 −

Es gibt auch Zimmer im Altenheim, die nicht besetzt sind. Manche der Mitarbeiter wohnen oder wohnten hier sogar, so hörte ich das. „Und könnte ich nicht eine Woche hier übernachten? Ich könnte es Ihnen später auch bezahlen."

Die Sekretärin, die unser Gespräch durch die geöffnete Tür hört, ist auf meiner Seite. Ich hoffe wenigstens, ihren Standpunkt aus ihrem Gesichtsausdruck erkennen zu können. Und Frau Koko ist schließlich auch einverstanden.

Obwohl ich nach der heutigen Schicht auf der Arbeit erschöpft bin, muss ich also nun alle meine Sachen zusammenpacken und das Hotel verlassen. Morgen habe ich glücklicherweise frei. Bereits zum Einziehen sollte ich dann an der Rezeption im Altenheim den Schlüssel erhalten. Ich muss mich aber zuerst an der Rezeption im Hotel auschecken und mich mit meinem großen Koffer und nur ein paar Euro in der Tasche mit dem öffentlichen Stadtverkehr zu meiner Arbeitsstelle zu begeben.

Der Hausmeister übergibt mir den Schlüssel. Er ist ein grauhaariger, großer Mann, der bei jeder Gelegenheit grüßt und dabei schön lächelt. (Zumindest etwas Positives, wenn ich schon keinen Platz zum Wohnen habe.)

Das Zimmer befindet sich im obersten, also siebten Stock. Ich fühle mich hier nicht gerade wohl.

Nun muss ich den Aufzug nehmen und damit auch über meinen Arbeitsplatz, der sich im zweiten Stock befindet, fahren. Ich will hauptsächlich nicht, dass jemand, der mich kennt, dort zusteigt und mich fragt, wohin ich mich mit dem Koffer schleppe ...

Ich habe das überstanden ...

Hurra!

Das Zimmer ist schön. Eigentlich sehr schön. Sauber.

Die leeren Zimmer warten auf eine gutgläubige Familie, die keine Kraft mehr übrighat, sich selbst um den Opa oder die Oma zu kümmern, und bereit ist, viel Geld zu zahlen, in der Hoffnung, dass ihre Greise tüchtig versorgt werden.

Jene armen Leute haben jedoch keine Ahnung, dass in manchen Schichten nur ein einziger Betreuer auf bis zu dreißig Patienten kommt, im „günstigen" Fall zwei (davon aber in den meisten Fällen ein Neuer, der den Job gerade anfängt und lernt).

Die Fluktuation der Mitarbeiter ist hier allgemein sehr hoch. Menschen werden gekündigt und andere kündigen selbst.

Interessant. Ich denke darüber dann reichlich nach.

Aber komm, genieße dein Zimmer!

Es geht nicht so ganz, wenn sich vor meinen „geistigen" Augen immer noch das säuerliche Gesicht von Frau Koko befindet. Aber das unangenehme Gefühl klingt allmählich ab.

Und in den Stockwerken unter mir „fliegen" gestresste Mitarbeiter (und manchmal auch gestresste Patienten) herum.

Zu jedem Läuten der Klingel. Zu jedem Läuten der Klingel im Zimmer eines bejahrten Menschen.

Und „das Beste" ist, wenn mehrere Klingeln gleichzeitig läuten. Vier reichen schon. Und wenn ihr nicht in kurzer Zeit angelaufen kommt, in das entsprechende Zimmer stürmt und die Klingel ausschaltet, lässt sie sich in wenigen Minuten wieder hören ...

Ich nehme lieber eine Dusche. Es gibt hier große, saubere Handtücher, die ich selbstverständlich verwenden werde. Solche schönen, grünlichen. (Auf unserer Abteilung Nummer zwei sind „nur" hellgelbe Handtücher.)

Diese grünen sehen schöner aus und sie sind auch noch nicht durch Waschen verdünnt.

In jedem Stock gibt es zwei Küchenräume und es ist auch hier so.

Angesichts der Tatsache, dass in diesem Stock keine Bewohner des Heims wohnen, könnte ich vielleicht einen der Küchenräume benutzen ... Aber er wird sich sowieso nicht für ein großes Kochen eignen.

Hin und wieder taucht hier irgendein „Instandhalter" auf oder es können auch verschiedene „Kontrollpersonen" erscheinen. (Und noch in meiner Freizeit auf die Chefin zu stoßen, das wäre für mich schon zu viel ...)

Ich kann mir das sehr gut vorstellen – Frau Koko mit ihrem „ultrawichtigen" Gesichtsausdruck, begleitet von einer Gruppe ihrer Anhängerinnen, die ihr in allem zustimmen. Wie eine riesengroße Glucke mit einer Herde Hühner um sich. Nein, gerade dies, das fehlt mir wirklich gar nicht ...

Diese Woche kannst du hier sein, also sei dankbar dafür, wie es sich gehört ...

Oh ja, ich arbeite hier mit einem Universitätsabschluss für einen Mindestlohn und mache noch unbezahlte Überstunden dazu. Und diese Zimmer sind sowieso frei. Unbesetzt.

Na, ich sehe, du kannst dir viel begründen ... Na ja ...

– 17 –

Einige Kollegen mögen Arbeit in der Küche deswegen, weil sie dort ab und zu eine Kleinigkeit essen können.

Und noch dazu – Speisereste zu berühren ist absolut besser als Reste des Kots, auch wenn in Handschuhen, zu berühren. Viele Leute vertragen das nicht gut und kündigen. Kot, Urin und Blut werden hier eure guten Freunde. Für mich persönlich ist aber das Erbrochene das Schlimmste. Und es ist notwendig, es zu ertragen, ohne Unterschiede zwischen Menschen zu machen.

Aber auch Leichen stinken. Einst, als ich noch bei der Polizei arbeitete, konnte ich über diesen Gestank nur mit Schwierigkeiten hinwegkommen. Der Kollege, mit dem ich damals Dienst hatte, riet mir: „Halte deinen Atem gar nicht an. Atme jederzeit komplett tief ein und denke gar nicht daran, dass du den Gestank riechst."

Und wirklich, die ersten Atemzüge irritierten meinen Magen stark – das war noch dazu bereits am Ende unserer Nachtschicht –, aber dann – dann roch ich fast keinen Gestank mehr.

Es ist wahrscheinlich ähnlich, wie wenn man ein Parfüm kaufen möchte.

Der ersten Düfte werden wir uns klar, aber je länger wir aussuchen, desto weniger können wir entscheiden, welcher Duft für unsere Nase angenehm und welcher unangenehm ist. Schließlich riechen wir beinahe nichts.

Und so nehme ich in diesem Moment auch nichts wahr.

Es ist interessant, wie weit es euch zwingen kann, wenn ihr nicht viel Geld habt und jede Arbeit machen müsst …

Ihr müsst geistig stark sein. Sehr stark. Plus – ihr müsst noch physische Kraft finden, die ihr für jene Arbeit unbedingt benötigt …

Ach du lieber Schreck. Auf unserer Abteilung Nummer zwei ist in der heutigen Schicht nur ein Mitarbeiter. Mitarbeiterin (mit der niemand arbeiten will, aber das werde ich erst später erfahren). Karla.

Karla hat wahrscheinlich nicht viel Bildung erhalten und ihre Satzkonstruktionen sind Meilen von dem Deutsch entfernt, das ich in der Schule gelernt habe ...

Nichtsdestoweniger, Karlas Bildung würde nicht so viel ausmachen wie der Fakt, dass sie fast ständig versucht, dominant zu sein.

In verschiedenen Psychotests kommt bei mir oft heraus, dass ich überwiegend männliche Interessen habe. Aber dominant bin ich wirklich nicht. Und in jeder anderen Hinsicht bin ich eine vollkommen übliche Frau – damit bin ich mir ganz sicher. Neben Karla kann ich mir aber selbst als „ein zerbrechliches Blümchen" vorkommen ... Ein sehr zerbrechliches ...

„Ich bleibe also hier in der Küche." Karla dreht mir ihren fleischigen Rücken zu und tritt zum Spülbecken.

Uff uff. Sie bewegt sich, als ob sie in ihrem Körper einen Sechs-Zylinder-Motor hätte. Wohin sie so eilt, bin ich noch nicht imstande zu begreifen.

Aber jetzt verstehe ich bereits. Die dicke Karla stopft das Geschirr in den Spüler, schon seit mehr als einer Stunde, und es fällt ihr nicht ein, mir bei der Pflege ihre Hilfe anzubieten. Und ich kenne die Patienten gar nicht, ich kenne auch nicht ihre Diagnosen.

„Nein, nein", schreit ein Greis, als ich mich bemühe, ihn hochzuheben und (ich bin schon in einem solchen Stadium, dass egal wie) aus dem Bett herauszukriegen.

Und Karla versteckt sich in der Küche hinter dem Geschirrspüler. (Also, nur theoretisch, praktisch würde sie vielleicht dazu einen Elefanten brauchen, um sich hinter ihm verstecken zu können.)

Vielleicht hält mich Karla für eine solche Mädchensorte, die so viele Jungen haben kann, wie sie will, und sie hat gegen diese „Mädchentypen" eine deutliche Aversion. Vielleicht. Vielleicht wurde sie zu einer Lesbe, weil Männer sie nicht wollten … (Sie ahnt nicht im Geringsten, dass mich Männer sehr lange auch nicht wollten. Ich begann erst nach dreißig, ein wenig attraktiv auszusehen, in der Zeit, wenn manche meiner früher viel anziehenderen Freundinnen begannen, dem Aussehen nach bereits ein bisschen zu welken)

Ja, wenn nur Karla meine Story kennen würde …

Aber vielleicht ist sie so begriffsstutzig, dass sie sowieso nicht verstehen könnte …

- 19 -

Ich starre wieder einmal den Spind im Umkleideraum an. Ich sinne dabei nach, wie ein geringes Schrittchen vor „dem Sturz in eine Schlucht" könnt ihr in eurem Leben geraten. Ohne euch dessen bewusst zu werden. Ihr atmet. Ihr schlaft. Ihr esst. Das ist alles. Einen Platz zu haben, wo man sich waschen kann. Wo man schlafen kann. Und etwas zum Essen.

Und dann, auf dieser Basis, könnt ihr anfangen, eure Träume und Ziele zu realisieren. (Und diejenigen, die ihre mentale Kapazität und ihre Zeit nicht für die Organisation dieser Grundbedürfnisse verschwenden müssen, können mit der Realisation ihrer Träume direkt anfangen.)

Ich frage bloß – ist in mir etwas falsch angeordnet? Oder ist in der Umwelt etwas falsch angeordnet? Ich weiß nicht.

Vielleicht war in deiner Familie etwas falsch angeordnet, du kleiner Pfiffikus, und die Umwelt hat damit gar nichts zu tun …

Ich weiß nicht. Vorläufig bin ich glücklich, dass ich diesen Job gefunden habe. Genauer gesagt – ich war am Anfang so glücklich, dass ich eine (egal was für eine) Arbeit in Deutschland habe, dass ich die Stelle sofort annahm, ohne mich über weitere Einzelheiten in Bezug auf diese Arbeitstätigkeit informiert zu haben.

Und so bin ich da. Und starre den Spind im Umkleideraum an. Ich gehe lieber aus dem Umkleideraum hinaus …

45

... aber wisst ihr, wenn ihr nichts habt und lediglich von eurer Arbeit abhängig seid, werdet ihr was auch immer als Arbeit tun ... Ihr habt einfach niemanden, zu dem ihr gehen könnt und sagen: „He, warte ein bisschen und unterstütze mich, bis ich einen Job finde, der meinen Fähigkeiten und meiner Qualifikation besser entspricht ...""

Und was war in deinem Heimatland? Dort funktionierte dies alles anders als in westeuropäischen Ländern?

Na, in den Zeiten des Kommunismus war es nichts Ungewöhnliches, dass eine Person mit Universitätsbildung zum Beispiel mit einer Schaufel arbeitete. Vielleicht hatte er oder sie nur etwas gesagt oder geschrieben, was einem der Repräsentanten des Regimes nicht gut gefiel. Und noch dazu hatte er oder sie wenig Bekannte an „einflussreichen Stellen".

Ja ... diese Totalität stürzte im Jahre 1989. Aber die Gewohnheiten der Menschen oder ihren Charakter auf einmal zu ändern? Das geht nicht so einfach.

Und deshalb kommt es mir vielleicht nicht so merkwürdig vor, dass ich bei meiner Arbeit an einem Geschirrspüler stehe. Ich genieße das manchmal sogar.

Nur hier, hier ist „Westen" ... Und wenn ihr hier für den Minimallohn arbeitet, kann es passieren, dass diejenige, die von euch persönlich oder von eurer Bildung nichts wissen, euch auch ... für einen schönen Dummkopf halten können.

Und dann ist man dadurch doch ein bisschen ... „degradiert".

Und wenn ihr euch eben nicht durch die Farbe eurer Haut – durch euer Äußeres – unterscheidet, unterscheidet ihr euch vielleicht durch etwas anderes – durch die Eigenschaften eures Charakters – Verhalten?

Und sogar wenn ihr euch nicht auf diese Weise unterscheiden solltet, reicht es, dass sie DAS wissen? Dass ihr „aus Osteuropa" seid?

Und so verpasse ich gerade jetzt eine Englischunterrichtstunde und verliere dabei einige Euro, die ich verdienen könnte.

Wegen der dicken Karla.

Wegen der Tatsache, dass es in dieser Einrichtung wirklich unmöglich ist, die Arbeit pünktlich zu beenden.

Ich leere meinen bitteren Kelch bis auf den Grund …

Du meinst, dass du nicht genug Geld hast, um nach weiteren Stunden zu suchen, um lediglich unterrichten zu können? Um „die Übergangsphase" auszuhalten?

Herrjeh, da wäre ich ernstlich glücklich.

Glücklich.

Aber es geht nicht. Ich kann nicht zu Hause sitzen bleiben und mir die Zeit nehmen, um nur nach eventuellen Aufträgen zu suchen. Nicht möglich …

Du musst arbeiten. Und du musst eine Wohnung finden. Hotels kosten mindestens rund fünfundzwanzig Euro pro Nacht … Jeden Monat hat zirka dreißig Tage. Rechne es dir mal aus!

Jetzt muss ich aber Waltraud – meine Chefin für Nachhilfeunterrichtsstunden – anrufen und erklären, warum ich den Unterricht verpasst habe. Mein armer Schüler … Na, ich denke aber, es tat ihm nicht so sehr weh.

Trotzdem:

Fuck die fette Karla!

Fuck dieses verdammte Haus!

Fuck all!

Meine Stimme am Telefon ist gestresst.

Mein Atmen abgerissen.

Das ist vielleicht die Folge von Karla und ihrem geröteten Gesicht. Oder die Folge davon, dass die Schichtleiterin lieber Karla nachgibt, als mit ihr „diskutieren" zu müssen?

„Nichts passiert", sagt die Stimme von Waltraud auf der anderen Seite des Telefons. „Ich habe dich selbst bei dem Schüler vertreten."

Das freut mich sehr.

Und ich habe nämlich auch Angst vor dem Telefonieren. Vor allem vor dem Telefonieren auf Deutsch. Wegen meines Akzents. Leute hören meinen Akzent und trotz der Tatsache, dass ich die C2-Deutschprüfung bestanden habe, denken sie in vielen Fällen, dass mein Deutsch nicht besonders gut ist.

Oder sie fragen mich sofort, ob ich „aus Osteuropa" komme ... Oder direkt: „Bist du aus Russland?" Und eine niederländische Frau war sogar davon überzeugt, dass mein Akzent schweizerisch ist. (Das „amüsierte" mich schon ein bisschen.)

Meiner Meinung nach befindet sich mein Land jedoch noch in Mitteleuropa. Gar nichts gegen das künftige Russland oder andere Länder in jenem geografischen Gebiet, aber sich in der Zeit des Kommunismus von der ehemaligen Sowjetunion okkupieren zu lassen und sich mit ihr dann noch „in einen Sack" werfen zu lassen, das ist, glaube ich, schon ein bisschen zu viel ...

Einmal begegnete ich einem Mädel aus Georgien, das seit achtzehn Jahren in England arbeitete. Sie sprach überwiegend Englisch, nur wenig Deutsch und suchte Arbeit in Deutschland und sie erzählte, dass sie auch nichts mit Russland zu tun hatte und trotzdem von den meisten Menschen, wahrscheinlich sogar viel öfter als ich, für eine Russin gehalten wird.

Nur Waltraud, als ob sie meinen Akzent nicht registrieren würde. Ich unterrichte für sie zehn Stunden wöchentlich. (Aber mein Akzent störte vielleicht manche Schüler und so bekam ich stattdessen andere Schüler. Vielleicht. Vielleicht denke ich nur zu viel darüber nach ...)

– 21 –

Meine jetzige Hauptarbeitstätigkeit ist jedoch – noch dazu unqualifiziertes – Wischen von Pos. Das ist die Realität.

Frau Koko hätte doch bereits bei meinem Arbeitseintritt erwähnen können, dass es in ihrem Altenheim auch Positionen wie „Betreuungskraft" gibt, die sich zum Beispiel mit der Vorbereitung und Durchführung von verschiedenen Spielen, Singen mit den Alten u. Ä. beschäftigt. Warum hat sie mir keine Informationen darüber gegeben, wenn sie wusste, dass ich Psychologie und Sozialarbeit studiert habe (und mein Studium auch abgeschlossen habe)?

Vielleicht fiel es ihr nicht ein. Oder sie hatte keine Stelle frei. Oder sie dachte, dass du einen Kurs dafür nicht erfolgreich absolvieren könntest. Oder dass du weder Geld noch Zeit dafür hast, drei Monate zu lernen.

Und auch – mit Greisen singen und spielen, das mag fast jeder. Aber ihre Hintern abzuwischen ... du ... und vielleicht auch – du bist „aus Osteuropa" ... und vielleicht noch – du bist zum Teil – Jüdin.

Ja, vielleicht. Aber das Zweite sagte ich niemandem und werde es auch niemandem mehr sagen ...

Ja, meine psychisch kranke Tante, wenn sie sich schon mal etwas in ihren Kopf setzte, dann erzählte sie das meiner Oma. Etwas davon, dass sich im Haus der Tante meiner Großmutti ein jüdischer Gebetsraum befand.

Diese Information erregte aber die Oma wirklich und, trotz ihres Alters von einundneunzig Jahren, schrie sie mit starker Stimme auf, dass sie ganz sicher weiß, dass wir „eine reine Rasse" sind.

(Es geht nur darum, welche ...)

Und Omas Vergissmeinnicht-Augen blitzten bei jenem Schrei so finster ...

Wer weiß. Sie vergaß vielleicht, dass es den Zweiten Weltkrieg nicht mehr gibt ...

Ja, ich würde der Oma auch gerne glauben, dass wir „eine reine Rasse" sind.

Aber dann warf ich meinen Blick auf den Opa, den ich lediglich von einem riesengroßen Hochzeitsfoto, das über dem Oma-Bett hing, kannte ... Hm, auf „eine reine Rasse" würde ich doch nicht schwören.

Aber sowieso. Ich denke, das Wort „Jude" ruft noch viel stärker gemischte Gefühle hervor als zum Beispiel das Wort „Neger" oder das Wort „Indianer".

Jude ist eigentlich die einzige weiße Rasse, die weiße Menschen „störte".

Oder noch stört?

Aber jetzt muss ich meine „zu vielen Gedanken" verlassen und nach einer Unterkunft für den nächsten Monat suchen.

Wie sieht es denn mit „meiner günstigen Herberge", wo ich das letzte Mal untergebracht war, aus?

Ich atme kaum vor Schreck. Diese Herberge, mit dreißig Betten in einem Raum, ist in der Messezeit beinahe dreimal teurer als gewöhnlich. Siebzig Euro pro Nacht.

Das kann ich mir nicht leisten ... Und was werde ich essen?

Schließlich finde ich irgendein Zwei-Sterne-Hotel, ganz am Rand der Stadt, in dem die Unterkunft für eine Nacht „nur" sechzig Euro kostet. Mit Frühstück. Gemischter Schlafsaal mit sechs Betten. Das werde ich nehmen, ich habe sowieso keine andere Wahl ...

Na ja, es ist Oktober und nicht zu warm. Ich starre reumütig eine Parkbank an und gleichzeitig presse ich meine kleine Handtasche mit meinem letzten Geld dichter und dichter an meinen Körper. (Das würde mir noch fehlen, dass sie jemand „klauen" würde ...)

Ja, ich bin in einem fremden Land.

Aber ich bin nicht verloren. Oder?

Ich habe schon eine Arbeit gefunden und vielleicht wird es mir auch gelingen, endlich eine Wohnung zu finden.

Vielleicht bin ich das doch nicht – nicht ich, nicht ich, schreit etwas innerlich in mir. Lediglich eine Frau, die meinen Namen trägt.

Und vielleicht endest du an einem Tag in der Zukunft auch nur mit Windeln zwischen deinen Beinen, genau wie die Alten, die du versorgst, und du wirst dann dankbar sein, wenn dir jemand hilft ...

- 22 -

Ja ... ich bin wieder hier, in dieser Arbeit. Es beginnt mir klar zu werden, dass man einen „sehr starken Magen" haben muss, um diese Tätigkeit ausüben zu können.

Und das nicht nur in Bezug auf die Patientenpflege, aber auch in Bezug auf die „Zwischenmenschliche-Beziehungen-Pflege".

Nida – unsere Wohnbereichsleitung – und ungefähr drei andere Mädchen in ihrem Alter – das heißt etwa um zehn und mehr Jahre jünger als ich – unterhalten sich lebendig im Dienstbüro. Im Vergleich zu dieser Lautstärke ist Max mit seinem ostdeutschen Akzent ein wirklicher Schatz ...

Es geht eigentlich nicht nur um die Lautstärke, sondern auch um den Inhalt der Mitteilung (schade, dass man nicht extra bezahlt wird, wenn man es aushält, dummen Gesprächen zuzuhören ...).

Aber heute habe ich meinen Dienst mit Rana. Rana ist aus dem Senegal. Ich fühle mich gut mit ihr, weil ich keinem dummen Reden zuhören muss. (Sie spricht tatsächlich noch nicht viel Deutsch, darum – auch wenn sie doof sprechen würde, könnte man das wahrscheinlich kaum erkennen ...)

Besonders auffällig und auch ein bisschen lustig ist, dass sie anstatt des Personalpronomens „sie" immer das Pronomen „er" verwendet, was manchmal lächerliche Situationen hervorruft – sie spricht über ihre uralte Oma und sagt: „Er geht ..."

Sie kommt aus Dakar, der einzigen Stadt im Senegal, von deren Existenz ich weiß.

Aber das ist wahrscheinlich nicht so wichtig, dass ich im Senegal nur Dakar kenne. Viele Leute wissen weder etwas über die Hauptstadt noch über das Land ...

Und viele Menschen hier wissen sogar nicht, wo sich mein Land befindet ...

- 23 -

Zora geht gerade in den Speisesaal hinein. Sie wird ungefähr achtzig Jahre alt sein. Eigentlich wirkt sie ein wenig witzig, was bei Patienten mit Dementia manchmal passieren kann. Ich denke ... sie ist eigentlich niedlich. Niedlich dement.

Ich habe auch einen an Demenz leidenden Opa in Schleswig-Holstein gepflegt, so habe ich sogar praktische Erfahrung aus der letzten Zeit.

Also, das war kein untersetzter Großvater, aber ein eleganter, großer, schlanker, grauhaariger Mann.

Nur die Krankheit, die gab seinem Gesicht einen erstaunten und sonderbar starren Ausdruck. (Und er war für nichts auf der Welt fähig zu begreifen, dass, damit er eine Pyjama-Hose anziehen kann, es notwendig ist, zuerst seine Trainingshose auszuziehen. Ab und zu kam es deswegen zwischen uns zu einem – in einem Fall sogar leicht physischen – Kampf.)

Na ... Versucht es mal, jemandem fünf- oder sechsmal nacheinander, noch dazu in einer anderen Sprache zu erklären, was er zuerst ausziehen soll, was danach kommt und warum! Obwohl ihr es nicht möchtet, am Ende verliert ihr eure Geduld. Aus diesem Grund erhob ich einmal, ganz spontan, meine Stimme und der Greise grätschte, beugte gelinde sein rechtes Bein ... Und – energisch trat er gegen mein Knie ... (Aber die Trainingshose, die zog er dann aus.)

Das war nur bei einem meiner etwa zehn Aufenthalte in den Familien, wo ich ihre ältesten Mitglieder versorgte.

Aber meine „Kolleginnen" verhalten sich manchmal so, als ob ich vollständig doof wäre.

Das ist vielleicht deswegen, wie ich aussehe ...

Manche Menschen leiden vielleicht unter der Vorstellung, dass ansehnliche Frauen nicht zu intelligent sind. Oder – wenn euer Aussehen etwas auffällig ist, werdet ihr deswegen oft „in verschiedene Schachteln hineingesteckt," ohne jemand versucht, sie mehr kennenzulernen. Kennt ihr das oder etwas Ähnliches auch ...?!

Und ich? Ich bemühe mich mit aller Gewalt, das zu verhindern. Und wenn ich schon in eine solche Schachtel gerate, möglichst schnell wieder herauszukommen. Und immer, oder fast immer, klettere ich aus jenen Schachteln doch irgendwie hinauf.

Also. Zora.

Sie hat ein von dichten Runzeln überzogenes Gesicht und einen Ausdruck in ihm, der mich an meinen eigenen Ausdruck erinnert, und zwar in den Momenten, wenn mir jemand etwas zu schnell auf Deutsch sagt und ich ihn oder sie nicht vollständig verstehe.

Ich fasse ihren Arm an und sie hebt vorwurfsvoll ihre tiefen, blauen Augen zu mir. Aber sie leistet mir keinen Widerstand.

Ich begleite sie bis zu ihrem Tischchen, ziehe den Stuhl hervor und verbringe einige Minuten damit, sie zum Hinsetzen zu überreden ...

Dann „laufe" ich in den Garten – Raucherpause, denn Zora sitzt schon bei ihrem Frühstücksbutterbrötchen mit einer dicken Erdbeermarmeladenschicht und sie wird jetzt bestimmt eine gute Viertelstunde mit ihrem Essen und Trinken beschäftigt sein.

(Sollten wir eigentlich nicht, aber heute „waschen wir uns" erst nach dem Frühstück. Aufgrund des Zeitmangels.)

Zuerst mache ich einen Waschlappen mit Wasser nass. Ein wenig – nur einen Tropfen der Flüssigseife – so.

Ich berühre ihren Körper. Wasche. Die Achselhöhle. Den Raum unter ihren Brüsten – der muss ordentlich abgetrocknet werden – und noch den Hals. Überall.

Sie hält still ... lammfromm. Vielleicht irgendwo dort in der Tiefe – trotz ihrer Demenzkrankheit – wie fast jede Frau – kann sie spüren, dass diese ganze Waschprozedur eigentlich sehr angenehm ist.

Und scharfer Duft einer Veilchenseife strömt durch den Badezimmerraum, in dem vor einer kurzen Weile lediglich beißender, den Magen irritierender Duft von Kot war …

Noch das Bett beziehen – und danach kannst du in den Garten gehen!

Oh ja, wieder für das Bettzeug …

Das Lager aufschließen – das Bettzeug herausnehmen – das Lager abschließen.

Ins Zimmer zurück. Mein Gott, es riecht noch so viel … Und gar nicht mehr nach der Veilchenseife.

So, mach das Fenster auf und lüfte aus!

Ja, klar, mache ich.

(Zum Glück – ich bin „gut trainiert" – schon von meiner Kindheit … Während meine Mutter und mein Bruder sogar nur den Blick auf Katzen- und Hundekot nicht vertragen konnten, ich und mein Vater zogen die Handschuhe an und gewöhnlich räumten wir jene Unreinheit weg, ohne dass sich unsere Mägen zusammenzogen)

Sehr ähnlich war es auch mit Spinnen und verreckten Mäusen. Unsere – meine und meines Vatis – Aufräum-Truppe immer in Bereitschaft. Professionalität der höchsten Stufe!

Als ich vor Jahren in einem Zirkus arbeiten und mich um Tiere kümmern wollte, wurde mir gesagt, dass mein Potenzial viel höher ist und dass es – für ein solch zartes Wesen wie mich – nicht geeignet wäre.

Nun weiß ich nicht. Vielleicht doch wäre. Solltet ihr das nach Menschen oder nach Tieren aufräumen …

Und glaubt mir, wenn ihr solche Arbeit ununterbrochen macht, nach drei Stunden wisst ihr nicht mehr, wo euer Kopf steht …

Die Handschuhe anziehen. Die Unterhose runterziehen. Die Windel herausziehen. Schwupp damit in den Müll! Sofort! Und hauptsächlich nichts ausgießen oder verschütten …

Auf dem Toilettenbrett … Auf dem Toilettenbrett befinden sich noch Reste des verschmierten Kots – wenigstens ein bisschen abwaschen, bis die Reinigungskraft kommt.

Eine neue Windel … Aaa – es gibt keine Windeln mehr. Auf dem Schrank im Zimmer der Patientin ist leider nur eine leere

Verpackung zu sehen, die die vor mir arbeitende Kollegin nicht weggeschmissen hatte. Gut – ich muss also noch ins Lager, über die ganze Hauptstrecke.

Die Handschuhe ausziehen und hygienisch entwerten. Meine Hände desinfizieren. Richtung Lager aufbrechen.

Und im Lager – gibt es auch keine Windeln mehr! Schnell einen Stock tiefer auf die Abteilung Eins und eine Windelpackung „ausleihen" ... Und mit diesem Hin- und Herlaufen wieder eine gute Viertelstunde der wertvollen Zeit verlieren.

Zora sitzt immer noch auf der Toilette und „wartet" auf ihre neue Windel, erweckt aber einen ruhigen Eindruck.

Und ihre Haare ... Die sind immer noch dicht und lang bis auf ihre Schultern. Noch nicht vollständig angegraut, immer noch mit einem goldenen Hauch.

Zora. Von mir völlig gewaschen und etwas gekämmt.

Ich kann nicht gut kämmen – mich selbst nicht ausgenommen. Aus diesem Grund habe ich auf Zoras Kopf nur einen einfachen Pferdeschwanz gemacht.

Aber die schwarze Rana – die kann gut kämmen. Sie macht immer neue und neue Frisuren, höchstwahrscheinlich spielt dabei ihr afrikanischer Ursprung eine Rolle – die Haare der Greise erinnern dann an die Frisur ihres Vaters, eines Häuptlings eines kleinen Stammes in einem abgelegenen senegalesischen Dorf.

Sie hat ihre Familie dort. Aber teilweise auch schon hier. Sie teilt mir mit ihrem gebrochenen Deutsch mit, dass sie eigentlich eine Prinzessin sei, da ihr Vater den Häuptling beziehungsweise den König des Stamms darstelle.

Einfach jemand wie ein Bürgermeister bei uns.

Aber „König" klingt viel pompöser.

Eine mächtige afrikanische Prinzessin, die europäische Pos putzt.

Aber an harte Arbeit ist sie gewöhnt. Ihre Erzählungen von den Zeiten, als es in ihrem Dorf weder Wasserleitung noch Strom gab, kenne ich schon. Die Frauen aus dem Dorf mussten mehrmals täglich mit großen Eimern in ein anderes Dorf gehen, um Wasser zu holen. Die Entfernung war etwa acht Kilometer hin und dieselben acht Kilometer zurück. Und dann, dass Prinzessinnen lediglich faulenzen ...

Aber dies ist für mich ein bisschen zu viel. Ranas Deutsch ist wirklich bedenklich limitiert. Von den Possessivpronomen verwendet sie nur ein einziges: „sein". Es klingt etwa komisch, wenn sie auch dem weiblichen Geschlecht das Pronomen „sein" zuordnet – zum Beispiel „... meine Mutter und seine Sohn ..." Sie sagt auch ständig: „Alles klar!" Wahrscheinlich gefällt ihr diese Wortverbindung mäßig.

„Alles klar?", erdröhnt ihre donnernde Stimme und ihre massive Figur ragt drohend über den Greisen empor, die ihre Köpfe über die Teller mit dem Mittagessen beugen.

„Kling, kling." Frau Schröder fällt vor Schreck eine Gabel aus den Händen. Und so haben wir wieder Arbeit ...

Als eine Servicekraft für die sich ernährenden Greise und Mütterchen in der Küche zu sein, das entspricht meiner naiven Vorstellung von der Tätigkeit eines Altenpflegers nicht vollkommen. Nach dreißig Menschen bleibt auch „einigermaßen" viel schmutziges Geschirr und wir müssen alles in den Geschirrspüler einräumen und ihn hauptsächlich rechtzeitig einschalten, um eine genügende Menge von Tassen, Untertassen und Tellerchen für das Abendbrot zu haben. (Extrem viel Geschirr haben sie hier wieder nicht ...)

Also – ich sage euch, es gibt hier ein ganz „schönes" Chaos. Es ist im Grunde ähnlich, wie nur eine Person zu pflegen, lediglich mit dem Unterschied, dass das an dieser Stelle ungefähr dreißigmal durchlaufen werden muss. Aber keine Klone, jeder ist individuell und mit individuellen Bedürfnissen ...

Na, ich wundere mich nicht mehr, dass Max so feste Muskeln hat. Nicht nur die Küchenarbeit, sondern natürlich auch das Heben von liegenden Patienten und ihr Transfer in einen Rollstuhl kann als „eine gute Übung" betrachtet werden.

Ich beobachte Max, der seinen Dienst etwa später als ich und Rana anfängt, wie er seinen mächtigen Rücken beugt (also, wenn ich seit vier Jahren nicht in jemanden bereits verliebt gewesen wäre ...) und das Geschirr aus dem Spüler herausnimmt. Er macht das mit einem unglaublichen Lärm.

‚Dies werde ich wahrscheinlich nicht machen müssen, wenn ich eine Hochschulbildung habe', fällt mir ein.

Max. Ein hochgewachsener junger Mann. Ein igelhaariger Blonder mit einer athletischen Figur und einer klingenförmigen Muskulatur. Und mit einem runden rosa Ohrring in seinem linken Ohr. Er sieht ein bisschen wie ein Fatzke aus.

Ich merke, dass wir – mit Ausnahme des geformten Bizepses und des rosa Ohrrings im linken Ohr – viele ähnliche Eigenschaften haben. Ich spreche auch nicht allzu viel und ich denke immer noch daran, dass das Substantiv „Arbeit" mit dem Verb „arbeiten" eng zusammenhängt, sodass ich in einem Arbeitsteam manchmal nicht besonders beliebt bin.

Nicht, dass ich jemanden irgendwann in der Vergangenheit gekränkt hätte … Nicht, dass ich jemanden irgendwann gekränkt hätte (und falls doch, nur ungewollt), aber ich diskutiere oder verbreite Klatsch wirklich nur selten und bemühe mich, über andere Menschen in ihrer Abwesenheit nicht zu sprechen …

Rana sagt mir wiederholt, dass sie in Senegal eine Prinzessin ist – in ihrem Dorf. Und ihr Vater ist dann natürlich der alleinige König des Dorfes.

Der größte Teil ihrer Familie befindet sich bereits in Deutschland – von den ältesten Mitgliedern bis zu einem klitzekleinen Baby mit dunklen, dichten, lockigen Härchen und Augen in Form einer Perle. Sie hat sie alle auf einem Facebook-Foto, wie sie sich untereinander mit ihrer eigenen, merkwürdigen Sprache unterhalten.

...und wenn sie die Tür von ihrem Schrank im Umkleideraum zuklappt, ist es ihr vollkommen egal, dass sie lediglich ein deutsches Possessivpronomen kennt. Sie hat nämlich ihre Familie, genauer: gute Beziehungen mit ihrer Familie – und das ist das Wichtigste. Wichtiger als alle Possessivpronomen der Welt.

Ich habe hier keine Familie, und wenn ich mich nicht um mich selbst kümmern würde, hätte ich kaum einen Platz, wohin ich gehen könnte ...

Ich habe manchmal ziemlich traurige Gefühle ... Aber ich finde immer irgendeine Kraft in mir, sie zu überwinden.

Ich helfe mir dabei nicht mit Alkohol wie manche Mitglieder meiner Familie. Das war auch der Hauptgrund der Scheidung meiner Eltern.

Tatsächlich befasse ich mich aber mit Problemen nicht viel. Und ich spreche gewöhnlich über Probleme gar nicht. Und so kann ich unnahbar erscheinen. Meistens.

Aber ich kann darüber doch nicht mit jedem sprechen. Ich will nicht, dass mich Leute aus Mitleid mögen. Ich wünsche, dass sie mich dafür mögen, wie ich bin. Ich nenne das „eine elegante Auswahl von Freunden" ...

- 26 -

Im Dienstzimmer herrscht Klatsch und Quatsch, während ich und die schwarze Rana wie verrückt hin- und herlaufen, um jedes Klingeln eines Patienten zu erledigen.

Es heißt: „Wenn du nur gut gelernt hättest, müsstest du dich allem gar nicht unterziehen." Aber ich hatte immer ausgezeichnete Noten. Wo lag der Fehler?

Ich muss nun in den Dienstraum. Außerdem, wir hatten noch keine Pause und sollten auch die Dokumentation bearbeiten.

Angesichts der Tatsache, dass Rana kaum Deutsch sprechen noch schreiben kann, ist die Bearbeitung der Dokumentation meine Aufgabe.

Und im Dienstzimmer? Weiter ein lebhafter Trubel und Lachen. Die „Kolleginnen" befassen sich gerade mit Max ...

Niemand erlaubt sich jedoch, ihm direkt in die Augen zu schauen. Es würde reichen, wenn er mit seinem muskulösen Arm nur ausholen würde und alle diese Hühner würden weglaufen. Aber vor ihm schweigen sie selbstverständlich jederzeit.

Es ist wahrscheinlich besser, über manche Sachen nicht Bescheid zu wissen. Max hat keine Wohnung und in der Vergangenheit hatte er Drogenprobleme. Aha ...

Nida erzählt das mit dem verächtlichen Gesichtsausdruck der weißen Königin eines türkischen Harems und spielt dabei mit ihren langen Haaren.

„Max hat hier im Gebäude gewohnt, er hatte hier ein Zimmer ..."

Dass Max keine riesige Menge Geld hat, das ist mir auch klar. Ich kann es auch aus meiner eigenen Erfahrung sehr gut erkennen. Aber muss man davon wirklich auf solche Weise reden wie die Mädchen im Dienstraum ...

Und wenn sie so auch über dich reden würden, würdest du dich noch mehr ärgern?

... ich denke nicht. Ich bin einfach schon gewöhnt, viel zu ignorieren und mir damit mein Gemüt nicht vergiften zu lassen ...

Zum Beispiel sofern jemandem schwindelig wird und er zu Boden fällt ..., auch wenn das giftigste Huhn aus dieser Einrichtung auf dem Boden liegen sollte, werde ich helfen oder um Hilfe rufen. Ich habe es in meinem Kopf gut geordnet!

Aber Frau Koko. Oder Frau Nesa – also Nida. Vielleicht – wahrscheinlich – kam es von ihr.

Vielleicht wollte sie sich mit dir befreunden. Vielleicht erwartete sie, dass auch du etwas aus deiner Privatsphäre für immer hinzufügst.

Aber was könnte ich sagen? Ist meine Lebensrealität so attraktiv, dass sie Freunde anlockt?

Kaum.

Und dass sie Partner anlockt?

Vielleicht gefällst du den Jungen nur deswegen, weil sie über dich nichts wissen. Nichts über deine Vergangenheit. Aber falls sie mit dir eine Bekanntschaft haben möchten ... leben möchten ... oder dich sogar heiraten möchten?

Vielleicht.

Du hast „lediglich" M.

Alles, was du in deinem Leben verpfuscht hast, war noch vor M. In der Zeit mit M. kamen nur die Folgen.

– 27 –

Aber Max ist trotzdem echt sexy …
Es gibt hier aber noch einen anderen anziehenden Kollegen.
Für mich sogar anziehender, weil ich mich mit ihm sehr gut unterhalten kann.
Er. Er ist komplett seriös. Er macht seine Arbeit so gut, wie er kann, und ich denke, dass es ihm auch sehr gut gelingt.
Er ist „eine unvollendete Krankenschwester". Na, eigentlich ist „ein unvollendeter Krankenpfleger" die korrekte Bezeichnung, weil es sich um einen Mann (und zwar bei ihm ohne Zweifel) handelt.
Ich habe ihn nie gefragt, warum er die Mittelschule nicht abgeschlossen hat. Ich bemühte mich sogar, ihn psychisch zu unterstützen, damit er anfängt, erneut zu studieren. Ich weiß eigentlich nicht, warum … Vielleicht mochte ich ihn. Aber er hatte sowieso seinen eigenen Kopf. Er wollte nur Musik machen. Das war das Wichtigste in seinem Leben.
Er singt sogar bei der Arbeit. Heute besonders gerne den Song „Zu spät" von „den Prinzen."
Er singt ernsthaft gut. Und der Text des Liedes erfasst mich, obwohl ich nicht alle Passagen verstehe.
Er kommt mir so vor, als ob er von meinen eigenen Besitzverhältnissen inspiriert wurde. Nur, ich habe kein Motorrad. Nicht einmal ein Fahrrad. Aber vielleicht könnte ich mithilfe eines Rads, das ich nicht habe, auf diesen Johny, nach dem die Mädchen lechzen, einwirken.
Ja, hauptsächlich Praktikantinnen in seinem Alter, oder noch jüngere, finden ihn attraktiv. Wenn ich mit ihm Dienst habe und eine Praktikantin sich entscheiden soll, mit wem von uns beiden sie die Schicht verbringen möchte, bevorzugt sie jederzeit ihn.
Er mag etwa zwanzig Jahre alt sein. Er ist amüsierend. Und eigentlich auch ganz ansehnlich.
Er hat eine Band. Mit zwei Mitgliedern. Nur er und sein Bruder.

Ich weiß nicht, ob er mir gefällt ...
Eigentlich ja.
Zum letzten Mal machte ich Liebe mit einem Weißen vor mehr als dreizehn Jahren ...
Groß und sehnig. Und er trällert ständig und das mag ich. Er „durchlebt" weder das Abwaschen noch das Ausleeren von Urinflaschen besonders.

Und nun haben wir unsere Pause, sitzen auf „unserer" Bank im Park und rauchen. Ich schaue mir den Himmel und die aufgehenden Sterne an. Ich höre sein Lachen und es gefällt mir. Er ist ein solcher Clown. Nicht nur, dass er bei der Arbeit vor sich hinsingt, er macht auch verschiedene Bewegungen und Grimassen, einfach alle möglichen sowie anscheinend unmöglichen Sachen. Wie ein Miniaturzirkus auf zwei Beinen. Er ist einfach so fein.

Und wenn er jetzt unter seinen Händen den alten, erkrankten Körper des Patienten hat, verwandelt er sich wieder in einen anderen „Künstler".

Und diese Jungentypen verhalten sich gewöhnlich zu jeder Frau wie zu einer wirklichen Dame. Sie sind meistens sehr galant. Vielleicht darum, weil sie nicht komplexbeladen sind. Auch für die Kooperation in der Arbeit sind sie schier ideal.

- 28 -

Später fing Johny jedoch an, ein wenig distanziert zu werden. Als wir uns nur kurz kannten, war es noch nicht ganz so. Es war, bevor er jenen Auftritt hatte. Einen Auftritt beim Fest zur Feier der zweijährigen Existenz dieser Einrichtung.

Das war eigentlich eine schöne Idee, die Köpfe der alten Leute mit buntfarbigen Papiermützen zu bestücken, oder?

Johny kam an seinem freien Tag. Schon traditionell, in seinem langen schwarzen Mantel, mit einem schwarzen Hut auf seinem hübschen Kopf, erweckt er den Eindruck, dass er ganz er selbst ist und dass ihm egal ist, was manche Mitglieder der „intellektuell nicht besonders begabten Bevölkerungsschichten" davon halten.

Er tritt mutig vor die Rentner, aber es gibt hier kein Mikrofon und die lokale Beschallung ist stark limitiert. Noch dazu hören viele Bewohner des Heimes nicht gut oder sie hören gar nicht.

An seiner Stelle und angesichts des Faktes, dass er Musik macht, würde ich irgendwelche Musik auswählen. Oder wenigstens Gesang. Einfach alles lieber als den Vortrag eines Gedichtes ...

Eine philosophische Besinnung stellt für Rentner „einen sehr anspruchsvollen Bissen" dar ... (selbstverständlich auch für manche Kollegen, aber für die Kollegen ist sie nicht in erster Linie bestimmt).

Und was ich auch nicht mag, ist, wenn jemand einen Auftritt hat, und Menschen reden dabei miteinander.

Und ich mag weiter nicht, wenn Zuschauer eine Vorstellung noch vor ihrem Ende verlassen. Das kommt mir wie eine vollkommene Unhöflichkeit vor.

Wenn sie schon einmal irgendwohin gehen, sollten sie bis zum Ende durchhalten.

Ich nur – ich fühle mich wahnsinnig oft in andere Menschen ein. Ganz spontan.

Es würde mir wahrscheinlich auch nicht besonders gefallen, wenn die „Zuschauer" meine „Vorstellung" vorzeitig verlassen würden. Aber ich denke, dass die Protagonisten im Laufe der Zeit lernen müssen, es zu ignorieren. Und sich lediglich auf die Leistung zu konzentrieren.

Und das ist eben das, was Johny nun macht. Johny strengt sich an.

„Lauter!", schreit jemand aus der erhitzten Menge der Ältesten.

Johny strengt sich weiter an – aber noch lauter geht es bedauerlicherweise nicht.

Ich bemühe mich, vielleicht als Einzige von wenigen, zu erhaschen, was er sagt.

Aber von einem bestimmten Punkt an, ist es nicht mehr möglich.

Johny. „Great Johny". Ein hübscher, junger Mann vor den halbtauben Greisen …

Vor meinen Augen springt unerwartet ein Bild auf. Ein Bild von allen Auftritten und Vorstellungen, die ich in meinem Leben gesehen habe. Besonders Zirkusbildchen. Aber lediglich die Spitzenqualitätsvorstellungen.

Es ist ein Bild, von dem Johny keine Ahnung hat, aber trotzdem ist es so lesbar in meinen Augen, dass …

Es scheint mir das alles – peinlich, ich denke nur, vielleicht hätte er lieber singen sollen …

Er sieht mir das an – ich weiß, es gibt nichts Schlimmeres als einen misslungenen Auftritt eines Jungen, den ihr vielleicht für attraktiv haltet …

Fast niemand klatscht.

(Und ich werde auch nicht für etwas klatschen, was ich kaum hören konnte …)

Johny leiht mir zwar zuletzt den Text jenes „Aufsatzes" zum Anschauen aus, aber ich verstehe auch nicht komplett alles, wenn es in einer Fremdsprache – und Deutsch ist für mich immer noch eine Fremdsprache – steht … Und hauptsächlich – es ist so klein geschrieben. Ah, meine Augen!

Ich möchte ihm wenigstens sagen: Johnny, das war gut!
Aber ich kann nicht lügen.

Und jenes Bild, das vor einem kleinen Moment vor meinen imaginären Augen auftauchte, traf mein Herz wie eine scharfe Messerklinge.

Jenes Messer befindet sich in meinem Herzen für immer und keine andere Vorstellung ist imstande, es herauszuziehen. Lediglich ein Messer mit einem Zärtlichkeitsgefühl. Und ein Herz.

Und seit dieser Zeit fing der große Johny an, seine zwanzig-und-weniger-jährigen Kolleginnen mehr zu genießen und wir gingen nicht mehr so oft uns zusammen Sterne anschauen. Es war nur eine solche Pseudo-Love-Story ...

29

Also ... ist das alles hier „eine ganz schöne Arbeitsatmosphäre auf einem ganz schönen Arbeitsplatz" ...

„Theoretisch" beträgt unsere Arbeitszeit sechs Stunden (wir arbeiten in der Dreiviertel-Teilzeit). Davon gibt es dreißig Minuten Pause.

„Praktisch" – wir haben oft gar keine Pause und die Schichtleiterin sagt dann noch, dass wir erst in oder nach dem Moment, wenn alle Arbeit fertig ist, nach Hause gehen können.

Ich weiß nicht. Wenn Nida eine Schicht leitet, schaffe ich es nicht, die Pausen einzuhalten, weil ich immer so viel zu tun habe. Ich weiß nicht, woran es liegt ...

Vielleicht ist diese ganze Zivilisation irgendwie deformiert. Die Werte, wie zum Beispiel die Lust zu arbeiten oder sich über die abgeleistete Arbeit zu freuen – werden oft irgendwohin in den Hintergrund verschoben.

Ich bin vielleicht auch ... irgendwie deformiert ... Ich behandle die schwersten Patienten und freue mich noch darüber.

Und außer jenen Armen, die manchmal denken, dass ich hier viel Geld verdiene, mag mich hier wahrscheinlich niemand.

Einfach nur darum, weil ich ein bisschen anders bin.

Oder weil ich ganz ich selbst bin?

Weil ich ich selbst bin, ohne jemanden zu verleumden?

Vielleicht bin ich für manche Kolleginnen ein wenig seltsam?

Ich weiß einfach nicht. Nicht. Nicht.

Ich dachte, in meinem Land sind viele Leute arrogante Ignoranten.

Wahrscheinlich ist das aber anders. Arrogante Ignoranten sind komplett überall zu finden. Egal, welcher Nationalität.

Genauso wie auch gute Menschen ...

Aber sowieso, vielleicht seitdem ich „in die Schönheit" altere, geht es mir in einem Frauenkollektiv einfach nicht mehr so gut.

Und dir ging es in einem Frauenkollektiv manchmal gut?

Ich weiß nicht, ich denke, es hängt wahrscheinlich von individuellen Personen ab.

Ich weiß nicht. Weiß nicht, worüber ich mich mit ihnen eigentlich unterhalten könnte …

In Südamerika kam fast jeder gleich zu mir. Sprach mich an … Die meisten Menschen dort kannten mein Land nicht. Aber einmal sagte mir jemand, dass, wenn ich so bin, in meinem Land sehr liebe Menschen sein müssen …

Aber hier bist du in Europa. Und für diese „Lohnworkers" bist du „just a person from Eastern Europe". Verstehst du? Es ist ihnen egal, ob dein IQ 130 beträgt oder nicht. Kannst du das verstehen? Du bist hier nur „ein Rädchen in der Maschine".

Wenn du wenigstens ein wenig unterwürfig wärest …

Oder sehe ich „unangenehm" aus?

Oder geht es um meinen Akzent?

Oder ist die Ursache mein teilweise jüdisches Blut? Das weiß ich nicht.

Oder besteht „mein Defekt" wirklich darin, dass ich zu wenig beziehungsweise gar nicht schmeichle? Dass ich das eigentlich auch nicht „beherrsche"?

In einer Marktgesellschaft muss man sich gut präsentieren können, egal, in welcher Situation. Oder nicht?

Es beginnt mit dem Aussehen, mit beigebrachten Verhaltensmustern und dann setzt es sich immer weiter und weiter fort. Und mindestens zur Hälfte ist es genauso wichtig, was du sagst, was du angeblich gemacht hast, wie das, was du in Wirklichkeit gemacht hast.

Kannst du das verstehen? Und vielleicht bist du einfach nur eine sehr sanftmütige Person.

Ich habe das schon vorher angedeutet. Das Ergebnis, das ich in einem Psychotest erreicht habe, den ich zwecks eines Arbeitseintritts ablegte, deutet darauf hin, dass ich überwiegend männliche Interessen habe und auch die Neigung, Probleme „in einem männlichen Stil" zu bewältigen. Ich weiß jedoch nicht genau, was ich mir darunter vorstellen sollte …

(Und vielleicht war es lediglich aus dem Grund, dass ich bei einer der Fragen Fußball gegenüber Stricken bevorzugte.)

Stricken kann ich nicht. Einmal in meinem Leben strickte ich einen Schal, natürlich mit dem Stil „nahtlos" und es kam nur ein leidlich sonderbares Dreieck heraus. Im Vergleich zu Stricken kenne ich mich viel besser im Fußball aus.

Sonst ging mir in den Tests auf, dass ich eine Frau mit allem bin, was dazugehört. Also, auf der psychologischen Seite, mehr konnten jene Tests nicht feststellen (aber ich bin mir ganz sicher, dass es auch auf der physiologischen Seite genauso ist).

Ich weiß also nicht, worin das Problem besteht ... Vielleicht in meinem hohen IQ? Ich habe doch keinem von diesen Mädels etwas Böses angetan.

Oder besteht das Problem darin, dass ich kein Make-up trage? Selbstverständlich wäre das ein blöder Grund, aber es gibt wahrscheinlich auf der Welt auch solche Menschen, die auf diese Weise denken. Für die so etwas sehr wichtig ist. Und ich meine damit keine Clowns. Die haben einen Grund dafür, ihr Make-up anzuhaben, weil sie sich auch dank dessen ihren Lebensunterhalt verdienen. Aber sind ansonsten solche Sachen so wichtig? Deswegen vertrete ich die Ansicht, dass viel Make-up lediglich in ein Theater oder in einen Zirkus gehören sollte.

Trotzdem, bei außergewöhnlichen Gelegenheiten – wie vielleicht einer Hochzeit oder einem Ball – sage sogar ich: „Make-up? Warum nicht?"

Aber wenn ich zum Beispiel Milch kaufen gehe?

Oder in einer Krankenhausumgebung?

Oder hier. Die Greise, denen ihr Sehvermögen noch dient, durch „ein über-made-up Gesicht" in Schrecken versetzen?

Ich weiß nicht. Und was, wenn ich mich mit diesen Mädchen einfach nicht unterhalten und mich für ihre Probleme nicht „echt" interessieren kann?

Und ich spreche auch mit niemandem über M. Ich meine, M. will nicht, dass ich über ihn mit jemandem spreche. Resolut sagte mir M. also nicht, dass er das will. Ich weiß nicht. Ich weiß nur, dass ...

... dass ich ihn liebe.

Aber warum soll ich mich, um Gottes willen, bereits am ersten Tag damit beschäftigen, dass jemand keinen Ort zum Wohnen hat, und es verspotten?

Noch dazu gerade du, die auch für eine Woche in diesem Heim gewohnt hat und jetzt wieder selbst in einem Hotel wohnt, oder? Vielleicht war es auch kein Zufall, dass sie eben vor dir darüber gesprochen haben. Das ist dir nicht eingefallen? Weiß jemand davon? Kennt jemand deine Situation??

Die Welt beginnt wieder, sich in einer seltsamen Spirale wahnsinnig zu drehen ...

Willst du nicht gehen und dich mit den Mädels ein bisschen unterhalten?

Ich habe nur jener Dame aus der Personalabteilung gesagt, dass ich in einem Hotel wohne ... Aber die verhielt sich so freundlich ...

Versuche, dich zu benehmen, als ob gar nichts passiert wäre. Bitte, bitte. Du bist doch keine Verzweifelte, die ihre Heimat verlassen hat, weil sie dort keine gute oder sogar gar keine Arbeit hatte. Du bist doch keine Person ohne Bildung! Du ... sammelst lediglich Erfahrungen.

Ich sammle lediglich Erfahrungen ...

Aber allein schaffe ich das alles nicht mehr. Nicht. Nicht!

Diese Wörter dröhnen in meinen Ohren wie ein Wildwasserwirbel, stoßen auf die Ränder der Schädelhöhle und wandern zurück in die Mitte meines Kopfes, wo sie sich zu einem unbestimmten Büschel von unleserlichen Gedanken zusammenfinden.

Eine Schriftstellerin schrieb in einem ihrer Bücher etwas in dem Sinne, dass sie dafür tatsächlich nichts kann, aber dass es ihr dort, wo mehr als fünf „Weiber" zusammen sind, oft so übel wird, dass sie von dort verschwinden muss.

Ich wurde mir mehrmals in meinem Leben dessen bewusst, was sie damit meinte ... Wahrscheinlich sind wir ähnlich dran.

Mit einem undeutlichen, „verblasenen" Versuch eines Lächelns *(warum gibst du eigentlich diesen Leuten ein Lächeln – vergib den Leuten, denn sie wissen nicht, was sie tun, aber du musst ihnen nicht noch dein Lächeln geben)* mache ich die Tür des Dienstzimmers leise hinter mir zu.

So. Und hier hast du das. Und das nächste Mal wirst DU ein The-
ma für die Konversation sein. Weißt du denn nicht, dass Menschen,
die gerne über andere Menschen reden – einfach gerne über andere
Menschen reden?
   Dass du dich in den Diskussionskreis auch nicht eingefügt hast?
Vielleicht haben sie nun lediglich über die Arbeit gesprochen. Viel-
leicht hast du einen Fehler begangen.
   Aber welchen Fehler? Dass du es nicht nötig hast, über andere
Leute zu reden, um deine Zeit auszufüllen?
   Fehler. Fehler. Fehler.
   Dein ... dein Vater sagte dir einmal, dass es möglich ist, dass du
Menschen eigentlich unabsichtlich beleidigen kannst. Dass du eigent-
lich nichts zu sagen brauchst, aber deine Mimik, die lügt niemals. Dass
es deutlich zu sehen ist, wenn du jemanden für dumm hältst. Dass
die Menschen denken, dass du sie verachtest. Dass sie dich nicht in-
teressieren. Und sie wollen dich so viel interessieren ... Sie nehmen
das dann zu persönlich ...
   Ja. Vielleicht. Aber ich kann wirklich nicht dafür.

30

Ich muss nun hauptsächlich meinen Koffer packen. Ich kann nicht jeden Tag dreiundzwanzig Euro für eine Unterkunft zahlen. Deswegen ist es erforderlich, sich aus einem billigen Hotel in ein noch billigeres Hotel, ganz genau in ein Hostel, in dem eine Nacht nur achtzehn Euro kostet, zu „transportieren" ...

Ja, jetzt bin ich schon da. Aber ich bin von dem Hostel wirklich nicht besonders begeistert. Im Nachbarbundesland sind Hostels zum Beispiel gemeinhin viel günstiger und gemütlicher als hier. Ich weiß nicht, warum. Auch wenn dies sonst eigentlich eine schöne City ist, erweckt sie den Eindruck, dass hiesige Menschen hier mittels Gewährung einer Unterkunft vor allem Geld verdienen wollen.

Wenn ihr euch die meisten der Hostels im Nachbarbundesland anschauen würdet, hättet ihr wahrscheinlich den Eindruck,, dass ihre Betreiber mehr imstande sind, sich vorzustellen,, wie sich Menschen dort fühlen können. Oder sie haben sich wenigstes darum bemüht, dass sich Gäste einigermaßen wohlfühlen.

Das ist nicht nur von einem humanen Gesichtspunkt aus zugkräftig, sondern auch vom Punkt des Business ist es sicher ein langfristiger Vorteil. Natürlich nicht, falls es in einer Stadt zum Beispiel lediglich zwei Hotels gibt, dann können sie sich überhöhte Preise leisten. Klar, warum sollten sie sich um Komfort für die Gäste kümmern, wenn sie auf jeden Fall kassieren ... Aber eine richtige Stellungnahme ist es bestimmt nicht.

Paradox ist, dass sich die Rezeption in einem fast luxuriösen, zu diesem Hostel gehörenden Gebäude befindet, das gerade gegenüber dem Gebäude meiner Unterkunft provokativ emporragt. Die Rezeption wirkt viel gemütlicher als die Hostel-Zimmer selbst. Schade, dass ich HIER nicht schlafen kann ...

Bedauerlicherweise – oder glücklicherweise? Wenn ich diese Unterkunftssituation wie eine Herausforderung betrachten würde – falls ich fähig bin, sie wie eine Herausforderung zu betrachten? Hm. Das ist auch eine Frage.

Das Hostel erweckt wirklich einen kalten, unfreundlichen Eindruck.

Es gibt hier zwar einen Schrank, die aber nur eine unschöne Blechdose ist – na, ich habe wirklich viel zu tun, um meine Sachen hineinzustecken.

Ich bilde eine riesige Pyramide, mit den Schuhen ganz unten. Und darauf meine Dokumente, meine Diplome ... Kurz und gut, die Dinge, die jederzeit wichtig sein können, wenn ihr auf Arbeitssuche seid. Es folgen eine Hose, ein Langarm-T-Shirt, ein Kurzarm-T-Shirt, drei Paare Socken, zwei BHs und mehrere Unterhosen.

... viele Klamotten habe ich nicht. Vorher war ich gewohnt, mehr Kleidungsstücke zu haben. Zwar nicht viel mehr, aber doch einige mehr ...

Bevor ich alles verlassen hatte. Bevor ich in meinen Gedanken das Haus des Grauens angezündet hatte und mir so vielleicht wenigstens teilweise jene Zwangsjacke, von der ich mein ganzes bisheriges Leben umfangen wurde, vom Leib gerissen hatte und auf die Flucht ging – auf der ich eigentlich bis jetzt bin. War es mutig? Oder war es wahnsinnig?

Das weiß ich immer noch nicht ...

Neben dem Bett befindet sich ein dicker, dunkelgelber Vorhang, und wenn er völlig zugezogen ist, kann niemand ein einziges Stückchen von mir sehen. So möchte ich das auch praktizieren.

Ich würde mir einen großen Schrank aus dunklem Holz wünschen. Mit gläsernen Scheiben in beiden Türflügeln. Einen solchen im alten Stil ... Einen Schrank.

Einen solchen Schrank, in den du deine Erinnerungen einlagern könntest. Deine Sehnsucht. Deine Liebe.

Bei meiner Mutter, im Altenheim, dort gibt es einen sehr hohen, schmalen Schrank.

Und in seiner oberen Ecke sind einige meiner Sachen.

Sprachlehrbücher. Die Bibel, die mir meine Mutti zu Weihnachten kaufte, als ich sechzehn Jahre alt war ... aber ich bin nicht getauft. In den Zeiten des Kommunismus war es in meinem Land nicht üblich, ein Neugeborenes taufen zu lassen. Ich bin also „Heidin", aber mein GLAUBE ist trotzdem in vielen Augenblicken stärker als der Glaube von Menschen, bei denen in der Spalte „Religion" eine Angabe steht.

(Nur werde ich mir dessen manchmal nicht bewusst ...) Dann habe ich auch noch einen Sommerrock. Den hatte sich meine Mama gekauft und er war ihr zu eng. Ich weiß eigentlich nicht, wie sie das immer schaffte, aber sie war imstande, sogar in der billigsten Bude solche Klamotten zu kaufen, die gar nicht billig oder nullachtfünfzehn aussahen.

Ja, dieses Hostel ist einfach unwirtlich.

Wenn ihr eintretet, gelangt ihr in irgendeine Bar oder in eine gemeinsame Küche.

Ein rosabackiger, beleibter Kerl mit einem kurzgeschnittenen Bart in einem hautengen Hemd mit breiten, hellblauen Streifen beobachtet mich schlüpfrig, wovon ich überhaupt nicht begeistert bin.

„Student, Student?", bestürmt er mich.

„So was", antworte ich, mit einem deutlichen fremden Akzent. Dann verschwinde ich so schnell wie möglich, damit er nichts mehr fragt. (Was kümmert es dich, Kerl, dass ich meinen Kopf nirgendwo hinlegen kann und morgen arbeiten muss ...)

Na, wenn ihr in einem Bettenhaus mit dreißig Betten schlafen geht, wahrscheinlich scheint ihr nicht eine reiche Person zu sein. Ihr entsprecht einfach nicht dem hiesigen „Erfolgsmaß". (Aber falls ihr lernt, damit zu leben, seid ihr imstande, doch glücklich zu sein.)

Und noch dazu ... mein Gott ... es ist unmöglich, die Tür von den Frauenduschen abzuschließen. Das fasziniert mich wahrhaftig ... Noch dazu, die Dusche ist sehr hoch oben und das Wasser spritzt wirklich nur für eine minimale Zeit. Ihr seid also gezwungen, den Knopf immer und immer wieder zu drücken ...

Ich freue mich darüber, dass sich in dieser „Herberge" wenigstens noch ein Mädel befindet – so eine kleine Asiatin.

Am Morgen sind wir in der Dusche zusammen, aber ich schäme mich nicht. Obwohl ich mich schon sehr lange nicht mit jemandem zusammen geduscht habe. Das letzte Mal war es in der Grundschule, bei beziehungsweise nach gemeinsamen Schwimmstunden ...

31

Ich gehe ohne Frühstück zur Arbeit. Man ist froh, wenn man es überhaupt schafft, loszugehen, während man gleichzeitig auf die Sachen aufpasst, damit sie nicht jemand „klaut". Es wäre für mich ein vollkommener Trouble, falls mir jemand etwas stehlen sollte. Ich habe keinen „Spender", dem ich einfach sagen könnte: „He, schicke mir etwas Geld, ich bin in Schwierigkeiten …"

Ganz arm sehe ich aber wahrscheinlich immer noch nicht aus. Egal wo ich erscheine, taucht zu neunundneunzig Prozent immer ein Bettler auf. Ich sagte sogar einmal einem in Prag, dass ich gar nichts habe, aber er schimpfte noch über mich: „Du sicher!" Und dann fluchte er weiterhin, immer noch schrecklich. Aber ich hatte in jenem Moment wirklich lediglich zwei tschechische Kronen bei mir …

Aber eigentlich sollte ich das als Kompliment betrachten, dass ich in der billigsten Kleidung noch so „protzig" aussah. Oder so gutherzig?

Herrje, so bin ich schon da. Auf der Arbeit. Ich betrete einen Raum voll von unansehnlichen Blechschränken.

Mein Schränkchen ist hier. Es folgt ein kollektives Anziehen der Arbeitskleidung.

„Wie geht es?" Eine riesengroße Figur reißt mich aus meinen Überlegungen vor dem Blechschrank und ein starker, für mich ungewöhnlicher ostdeutscher Akzent trifft wahrscheinlich auf alle meine auditiven Organe. Dicke Karla.

„Gut", antworte ich. (Nur da es mir unhöflich vorkommt, gar nicht zu reagieren.)

„Bist du wieder bei der Arbeit?", grölt die Fettpyramide weiter.

(Eine solche Frage, die ich wirklich liebe. Wenn jemand sieht, dass ihr wieder auf der Arbeit seid, und fragt, ob ihr wieder bei der Arbeit seid.)

„Ja, ja", bejahe ich unbestimmt und ermüdet. (Wieder nur, da es mir unhöflich vorkommt, nichts zu sagen.)
Es folgt der Wohnbereich zwei. Mein Arbeitsplatz.

Die türkische „Madonna" Nida. Unsere Wohnbereichsleitung. Sie wirkt auf mich ein wenig merkwürdig. Ihre Augen erinnern mich an große braune Perlen und ihre Haut an die weißeste Milch.
„Ich dachte, Menschen in der Türkei sind dunkelhäutig", sage ich aufrichtig.
Ich meine damit nichts Negatives, aber ihre Augen haben mich eigentlich nie mit Vergnügen beobachtet.
Es ist fast schade, dass sie nicht ein bisschen dunklere Haut hat. Vielleicht wäre sie wenigstens ein bisschen herzlicher, falls sie dunkler wäre ...
„Nicht alle", erwidert sie schroff und redet nicht mehr.

Aber der Kollege, der mit mir heute in der Schicht arbeitet, ist zu mir viel freundlicher als Nida.
Schon der dritte relativ hübsche junge Mann am Arbeitsplatz.
Und er ist sehr nett. Er kennt zwar kaum die Grundlagen der deutschen Grammatik – er kann nicht einmal das Perfekt (zusammengesetzte Vergangenheitsform) bilden und über die Existenz des Präteritums (einfache Vergangenheitsform) weiß er wahrscheinlich gar nichts. Aber er verhält sich sooo aufmerksam mir gegenüber... Und noch dazu ... nimmt er mir die schwerste Arbeit ab.
(M. hat mir einmal gesagt, dass die Jungen, die für mich die schwerste Arbeit tun, mit mir gerne Liebe machen würden.) Na, ich weiß wirklich nicht, warum ausgerechnet um zwanzig Jahre jüngere Jungen mit mir Liebe machen möchten. Ja, das ist M. mit seinen Späßchen.
Trotzdem liebe ich ihn. Und er ist auch der einzige, mit dem ich Liebe mache.

Aber zurück zu meinem dritten hübschen jungen Kollegen – Dominik. Der ist heute irgendwie beklommen.

In der letzten Schicht schenkte er mir fünf Zigaretten. Nur so. Ich gab ihm eine, wenn er keine hatte, und er gab mir fünf dafür, glücklich, dass er Geld hatte, um sich Zigaretten zu kaufen. Ich wollte nicht, dass er mir so viele gibt, aber ich nahm sie schließlich an ...

Jetzt wirkt er aber ... verlegen ... und – was bei ihm auch nicht komplett typisch ist – mit Ausnahme der mit mir verbrachten Dienste – er bemüht sich, möglichst viel zu arbeiten.

Und er lacht jetzt alle hiesigen Rentner an, als ob er die Arbeit wirklich lieben würde.

Aber im Dienstzimmer herrscht eine seltsame Stille.

„Also, ich werde meine Handtasche hier nicht liegen lassen, wenn wir solche Kollegen haben!", schreit die beleibte Rosa mit dem finnigen Gesicht, die niemals auf meine Begrüßung reagiert.

Ich weiß eigentlich nicht, warum ich die pickelige Rosa als Erste grüßen sollte. Ich bin aber schon eine solche Person – ich vergesse mich immer und der Gruß geht einfach aus meinem Mund raus.

„Was ist passiert?" Obwohl ich normalerweise im Dienstzimmer gar nicht neugierig bin, sieht dies ernst aus.

„Dominik", muckt eine.

Schließlich sagt mir das, anstelle meiner eigenen Kollegen von unserem Wohnbereich, Nikita, eine Ukrainerin mit wirklich lausigem Deutsch, die unter üblichen Umständen im Wohnbereich drei arbeitet.

Ich hatte das auch bemerkt, aber ich griff nicht ein: Wenn wir mit Dominik in einer Schicht waren, verschwand er ab und zu und niemand konnte ihn finden. Und „Business Mobile" – eine uralte Attrappe eines Handys – nahm er nicht.

Und dann tauchte er plötzlich von irgendwo wieder auf.

Und einmal suchten ihn die anderen Mitarbeiter und fanden ihn sogar früher, als er von selbst kam: im Zimmer der alten Frau Meer, mit seinen Händen in ihrem Schrank und den Hosentaschen voll verschiedener Gegenstände, deren Besitzer Dominik nicht war.

Ich erblickte danach nur seine schwarzen Haare, aufblickenden im Fahrstuhl und ein weißes, teilweise zerknittertes Papierblatt in seiner Hand.

Sofortige Kündigung.

(Ich glaube, auch ohne beendete Grundschulbildung und mit diesem „Brandzeichnen", wird er sowieso eine bessere Arbeit finden …)

So – das war Dominik.

Trotzdem werde ich mich doch wenigstens an etwas Positives im Zusammenhang mit ihm erinnern. Wenn ich das Glück hatte, meinen Dienst mit ihm oder einem anderen männlichen Kollegen zu haben, kamen sie meistens zu dem Schluss, dass ich als Frau in die Küche gehöre, und ich protestierte in diesem Fall nicht. Ich war ihnen sogar oft dankbar, dass sie die schmutzigere und physisch anstrengendere Arbeit übernahmen. Eigentlich waren das schöne Momente und meistens ruhige Dienste.

- *32* -

So, Arbeit habe ich schon und nun sollte ich noch – mindestens eine sehr, sehr kleine – bitte, bitte, mein Schicksal – Wohnung finden. Ich suche auf mehreren Webseiten, aber Wohnungen in einer Preiskategorie, die ich mir leisten kann, sehe ich dort wirklich nicht zu oft.

Ach. Und sie verlangen auch eine Kaution.

Was tun?

Warten.

Sparen.

Nicht verzweifeln.

Ja ... ich muss also wieder die Unterkunft wechseln ... ab morgen. Für etwas Billigeres, bis ich mein erstes Gehalt bekomme ...

In einer Woche findet in dieser City die traditionelle Messe statt. Und wenn diese Messe stattfindet, kommen Firmenvertreter aus vielen Ländern zusammen. Das bedeutet, es kommen Gäste in die Stadt. Oh, wie schön!

Aber absolut nicht für jeden. Das Onlineportal Booking.com kratzt wahrscheinlich in seinen Fundamenten, wenn ich suche, wo ich „wohnen" könnte. Eine Reservierung machen. Unterkunft in einem „Hotel". Nur niemals eine Summe, bei der ich wohl etwas sparen konnte. So ist das.

Es ist eine kleine Pension am Rande der Stadt. Und auch mit Frühstück ohne Aufpreis. Ja, es geht, nur – es gibt fünf Kerle und mich auf einem Zimmer. Angenehm ist mir das echt nicht. Es ist tatsächlich sehr unangenehm.

Es ist manchmal fast erstaunlich, was ein Mensch alles durchhalten kann, wenn er oder sie ein Ziel hat ... (und manchmal auch, wenn man kein Ziel hat).

Neben mir – also auf dem Nebenbett – liegt ein Russe und plappert etwas auf Russisch. Aus seinem zusammenhanglosen

Telefonieren, da er offenbar annimmt, dass ich eine Englisch-sprechende bin und ihn aus diesem Grund nicht verstehe, be-ginne ich zu begreifen, dass er so etwas wie ein gelegentlicher Fahrer ist, der an diesen abgelegenen Ort und in diese weltab-geschiedene Pension geriet und sich auf Arbeitssuche befin-det. Ich erhasche aus seinem Anruf, dass es diesbezüglich hoff-nungsvoll aussieht.

Ja, diese Unterkunftsart probieren – das ist nichts so ganz Be-sonderes.

Es gibt hier keine Küche und so muss man draußen essen – also in Restaurants, das meine ich. Oder man kann vielleicht auch etwas Kaltes auf dem Zimmer essen.

Und mit dem Waschen werde ich hier höchstwahrscheinlich auch nicht gut abschneiden.

Ich werde hier eine Woche verbringen. Dann wieder zurück in das Hostel mit dreißig Betten, aber im Stadtzentrum. Wenn die Messe zu Ende ist, wird die Unterkunft wieder verbilligt.

Ich MUSS versuchen, eine Wohnung zu finden ...

– 33 –

Es macht hier alles, kurz gesagt, einen so traurigen, grauen Eindruck. Genauso wie die Erinnerung zu den jüngsten Ereignissen, die sich eben in mein Gemüt schleicht.

Es passierte etwa nach zwei Monaten, während ich meine aktuelle „geile" Arbeitstätigkeit ausübte. Und obwohl ich mich bemühte, genauso wie viele andere, meine Arbeit so gut wie möglich zu tun, statt mir die Gelegenheit geben, beruflich aufzusteigen oder mein Gehalt wenigstens gering zu erhöhen,, reihte mich Frau Koko in ihren gedanklichen Prozessen irgendwie in „eine Arbeiterschicht" ein.

Das zeigte sich zum Beispiel dadurch, dass sie, als ich mit ihr einen Termin verabreden wollte, mir durch ihre Sekretärin vier Tage nacheinander ausrichten ließ, dass sie keine Zeit hat. Und ich fragte jeden Tag erniedrigt, wann ich vielleicht an die Reihe kommen könnte. Und am fünften Tag passierte das.

„Also, was bringt Sie zu mir?", muckte Frau Koko, einigermaßen nervös. Ihre Hand reichte sie mir nicht, ließ sich nur müde in den großen Chefsessel fallen, der sich angesichts ihrer dicken Figur bedrohlich wackelte. (Es fiel mir gar nicht ein, dass unter ihr nicht nur dieser wirkliche Chefsessel, sondern auch „der imaginäre Chefsessel" wackelte. Ich bin hier zwar erst seit zwei Monaten, aber ehrlich, diese Einrichtung möchte ich auch nicht leiten und an ihrer Stelle sein ...)

... das alles geht durch meinen Kopf und ich kapiere nicht dabei, dass ich ihre Frage nicht rechtzeitig beantwortet habe.

„Warum sind Sie denn hier?", wiederholt sie.

„Ich bräuchte noch einmal Geld geliehen, vielleicht würden einhundert Euro reichen."

(Es kommt mir alles schon ein bisschen peinlich vor, aber was soll ich sakra machen?)

„Damit ich irgendeine Unterkunft bezahlen kann", muckte ich leise. „Es war die Messezeit letzten Monat und die Preise der

Hotels stiegen auf das Vielfache. Und ich hatte immer noch nicht das Glück, eine Wohnung zu finden." (Eine Miete zu zahlen, das würde ich noch schaffen, aber wie soll ich von diesem Gehalt für eine Kaution sparen? Das fällt mir ein, aber nicht laut – nur leise in meinen Gedanken.) Frau Koko leiht mir höchstwahrscheinlich kein Geld für eine Kaution aus ...

„Das geht nicht" lautet ihre Antwort.

So, siehst du, Frau Koko wird dir nicht eben hundert Euro ausleihen und nicht eben aus der Firmenkasse.

„Das geht nicht", wiederholt diese komische Dame, und es kommt mir vor, dass sie der Meinung ist, dass hübsche Frauen, zu denen sie mich wahrscheinlich zählt, alles einfacher im Leben haben. Wie tief sie sich irrt (falls sie das wirklich meint).

Und ich musste bei meinem ersten Darlehen der Firma noch fünfzehn Prozent Zins bezahlen. Sie würde immer noch Geld damit verdienen!

Frau Koko scheint sich einfach zu mir wie zu einem kleinen auf der Straße liegenden Stück Sch... zu verhalten. Nur überschreiten und nicht verschmieren. (Noch ein Glück, das nicht wegräumen ...)

(„Aber ich habe eine Universitätsbildung", schreit es tief in meinem Inneren. Und auch einen überdurchschnittlichen IQ. Unglücklicherweise.)

„Wenn Sie wüssten, wie viele verschiedene Menschen zu mir kommen, wie viele Mitarbeiter sich Geld leihen möchten ...", wehrt sich Frau Koko. „Falls ich Ihnen erneut Geld leihen würde, wie würde ich das vor meiner Vorgesetzten erklären? Meine Vorgesetzte würde sich ärgern."

Ja, aber ich sehe wieder meinen Standpunkt und denke daran, dass eine Einrichtung wie diese die Summe von einhundert Euro für eine Woche gar nicht spüren würde. Ich brauche das Geld doch nur für eine Woche, um die Unterkunft zu bezahlen. Dann wird mein Gehalt bei mir ankommen.

„Das geht nicht!", wiederholt forsch diese massive Frau mit kurzen krausen Haaren und der Ton ihrer Wörter weist mir die Tür.

Es ist für mich so unangenehm und peinlich, eine Person, die sich auf diese Weise benimmt, um Hilfe zu bitten ...

Gut. Sie benimmt sich, wie sie sich benimmt. Wenn es draußen ein wenig wärmer wäre, würde ich vielleicht lieber auf einer Bank in einem Park schlafen (und mich auf der Arbeit duschen). Aber ... es ist kalt draußen.

Nicht wie in Brasilien. Und ich meine bei weitem nicht nur das kalte Wetter.

Manche Menschen schätzen, dass ich eine Einheimische bin. Und wenn ich dann meinen Mund aufmache und etwas sage, fragen sie zum Beispiel: „Bist du aus Argentinien?" oder „Bist du Italienerin?"

Ich weiß nicht. Vielleicht bin ich ein bisschen von überall. Aber in meinem Reisepass steht nur eine Nationalität.

Wisst ihr, was ... in meinem Land ... Leute starren.

Wenn ihr euch in irgendeinem Zug unterscheidet, starren sie euch manchmal so an, dass es fast nicht mehr anständig ist. Und wenn ihr euren Blick auf sie richtet, wenden sie wiederum ihren Blick ab.

Im Allgemeinen nennt man dies „Europa" und mein Land ist noch dazu eine unabhängige und sehr spezifische Einheit Europas.

So wenigstens erinnere ich mich manchmal an meine Heimat. Es kann sich aber vielleicht schon etwas geändert haben. Wer weiß. Wie lange bin ich schon im Ausland? Drei Jahre?

In Südamerika dagegen, wenn euch jemand seinen Blick schenkt und ihr erwidert ihn, spricht euch jene Person gewöhnlich locker an ...

Lest nur weiter und ihr werdet schon sehen.

– 34 –

So ... dies sind Brasilien und ich vor vier Jahren:

Der Bus ist ungeheuer voll. Und ich sehe bei jeder Runde aus dem Fenster den richtigen Ort, an dem ich aussteigen will. Mit den an die Busfensterglasscheibe geklebten Augen und mit einem hoffnungslosen Ausdruck in ihnen fahre ich immer wieder nur vorbei, mir selbst vorkommend, als wäre ich in einem fahrbaren Miniaturgefängnis.

Und dann zufällig – zieht ein dicht neben mir stehender Kerl jenes an die Decke des Busses befestigte Schnürchen, von dem ich irrtümlich dachte, dass es sich hier darum befindet, damit Passagiere es greifen können, um einen eventuellen Sturz zu vermeiden.

Über der Bustür beginnt ein Licht mit der Aufschrift „STOP" zu blinken. So, nun komme ich klar.

Nun – bin ich endlich ausgestiegen und stehe hier.

Ich stehe hier, aber vielleicht befinde ich mich immer noch nicht am ganz richtigen Ort.

Sondern an einer mir unbekannten Bushaltestelle und ich habe keine Ahnung, wie ich hierherkam.

Es kann ungefähr halb zwei am Nachmittag sein.

Die Sonne brennt wie eine riesengroße Scheibe, die eine unglaubliche Menge von Energie herausgibt.

Ich schwitze nicht. Ich schwitze fast nie. Mir ist es meistens kalt.

Als ich noch ein kleines Mädchen war und irgendwohin mit meiner Mutti losging, schwitzte sie in ihren Nylonsocken, während meine Füße in Wollsocken froren ...

Aber jetzt beginne sogar ich zu schwitzen, weil ich – ein großer Reisender, der schon mit dem zweiten Flug in seinem Leben direkt auf der anderen Seite der Erdkugel landete, weil ich hier nun wie ein hartes Y stehe – ohne Landkarte und Google – und wenn schon das Glück kommt, dass eine Person von irgendwo auftaucht, die ich nach dem Weg fragen könnte, kann ich darauf wetten, dass sie gewiss nur Portugiesisch sprechen wird ...

Ha! Schon ist sie da! Eine dunkelhäutige, ein bisschen stärkere Dame, beladen mit zwei vollgestopften Einkaufstaschen und mit Sonnenbrille, stellt sich etwa drei Meter entfernt von mir hin. Offenbar – ich bemühe mich, wenigstens zu hoffen – wartet sie auf einen Bus. Diese Chance darf ich nicht verpassen.

„Olá! Procuro esta calle.“[1] (Na! Gut, dass ich mir den Namen des Hotels auf einem Papierzettel notiert habe.)

Die Frau stellt ihre Taschen auf einer Bank hinter sich ab, und nachdem sie (wahrscheinlich) meine Handschrift entschlüsselt hat, schüttelt sie resolut ihren Kopf.

„Eu não sei. Desculpe.“[2]

Aber nun kommen noch: eine untersetzte Schwarze, ein vielleicht achtzehnjähriges hübsches Fräulein, etwa fünf Kinder und ein angegrauter, sich auf einen Stock stützender Opa.

Insgesamt ungefähr acht Menschen, die sich intensiv bemühen, mir zu helfen.

Das alles erinnert mich an ein volles Wartezimmer beim Arzt, eventuell an ein Spiel, das „stille Post“ genannt wird und das wir als Kinder so gerne spielten. Man spielt es so, dass sich die erste Person in der Reihe ein Wort ausdenkt und es der Person neben sich ins Ohr flüstert.

Und zwar sehr leise, damit die anderen das Wort nicht hören können. Die Person daneben flüstert das Wort ins Ohr der nächsten Person in der Reihe und so weiter. Es kann passieren, dass am Ende aus dem Mund der letzten Person ein anderes Wort rauskommt.

Na, in diesem Fall handelt es sich nicht ganz genau um „stille Post“, aber auch hier werden allen neu Ankommenden die wesentlichen Informationen weitergegeben.

„Está perdida, não ... poder ... encontrar esta calle ...“[3]

Mein nicht besonders gründlich aufgeschriebener Zettel wandert von Hand zu Hand und jede neu angekommene Person schaut sich ihn an ... Und schließlich ...

„Está pra cá."[4] Der Opa holt trotz seines fortgeschrittenen Alters leidenschaftlich mit seinem Stock aus. „Onibus numero setecentos e vinte!"[5]

Die Volksmenge jauchzt, als ob sie alle den ersten Preis im Lotto gewonnen hätten. Und so gelange ich, bereichert um viele Begleiter, in den Bus Nummer siebenhundertzwanzig.

Gut die Hälfte des Busses (einschließlich des Fahrers) weiß schon nach kurzer Zeit, dass „eu estava perdida".[6] Das macht mir aber überhaupt nichts ... denn hier, leider oft im Unterschied zu Europa, verdreht niemand seine Augen oder schüttelt über mich den Kopf.

Und es bleibt sogar ein Sitzplatz für mich übrig. Jene dunkelhäutige Frau, vielleicht zehn oder mehr Jahre älter als ich, lächelt mich mit ihren dunklen, funkelnden Augen an. Sie sieht so ein bisschen anders aus – gepflegter und eleganter als die meisten „Einheimischen". (Das heißt aber nicht, dass mir die meisten Einheimischen nicht gefallen würden.)

Gleichzeitig macht sie jedoch nicht den Eindruck, dass sie „nach Geld stinkt". Sie hat auch keine extrem aufwendige Kleidung an, durch die sie vielleicht „anderen zeigen könnte, was sie sich alles leisten kann".

Ja, sie gefällt mir. Sie gefällt mir wirklich.

„De onde você está?",[7] fragt sie mich.

„De Europa. Republica Checa."[8]

„Oh! Praga!", ist sie gleich orientiert.[9]

Und das beeindruckt mich so positiv. Wenn jemand in diesen Gegenden nicht nur weiß, dass mein Land existiert, sondern sogar imstande ist, auch die passende Hauptstadt zuzuordnen, ist er (in diesem Fall sie) wahrscheinlich nicht doof.

„Estudo psicologia e quero fazer aqui algumas coisas para minha these de diploma",[10] erkläre ich ihr.

„Eu ensino. Crianças no jardim de infância. Estudo agora pedagogia. Fernanda."[11] Sie schüttelt meine Hand.

„Prazer",[12] sage ich.

Und im selben Moment bekomme ich von ihr schon einen Vorstellungskuss auf beide Wangen.

„Eu ensino também, dou aulas de ajuda em inglês e alemão a adultos e crianças. Não sei Português",[13] kläre ich noch, was Fernanda längst bemerkt haben muss.

„Falo um pouco de espanhol",[14] füge ich noch hinzu, bemüht darum, einen Funken der Hoffnung zu zünden, dass wir beide uns wenigstens ein bisschen unterhalten könnten.

„Quero melhorar meu português, mas a pronunciación é difícil ..."[15]

(Herrje, das habe ich mich mit meinem „Kauderwelsch" schon zu Genüge ausgedrückt ... Aber es scheint mir, dass Fernanda wenigstens die Grundlagen meiner Mitteilungen versteht.)

„Tenho que sair aqui",[16] bemerkt jene nette Person. „Prazer em conhecê-lo e se você tem tempo, pode vir ver ‚minhas crianças' numa escola brasileira."[17]

„Há também algunos hombres lá?",[18] erkundige ich mich wissbegierig. (Selbstverständlich wegen meiner Diplomarbeit.)

„Sim, sim ... Esta escola!"[19] Sie zeigt rasant mit ihrer Hand auf ein nicht besonders gewaschenes Busfenster.

Ich habe zwar nicht ganz verstanden, wo sich jener Kindergarten eigentlich befindet, trotzdem höre ich mich selbst sagen: „Claro que vengo um dia."[20]

„Estou lá todos os dias de segunda a sexta",[21] präzisiert sie. (Und von wann bis wann, das verstand ich nicht.)

„Meu nome."[22] Sie gibt mir einen Papierfetzen.

„Meu nome."[23] Ich gebe ihr auch einen Fetzen, abgerissenen aus dem ursprünglichen Fetzen, zurück.

Ein Kuss auf beide Wangen und ich winke ihr noch aus dem Bus nach.

Jemine, das war aber ein angenehmer Mensch. Bestimmt werde ich versuchen, noch bei ihr vorbeizukommen.

Nun ist ein Wochenende. Ich könnte am Montag.

Nein, Montag ist gleich der erste Wochentag, an dem man arbeitet. Ich werde den Dienstag versuchen.

Am Montag möchte ich schwimmen gehen ...

Fernanda ist aber ein wirkliches Original. Sie war die erste brasilianische Person, mit der ich mich tatsächlich unterhielt. Die werde ich nie vergessen.

- 35 -

Dienstag ist da. Und so, mit meinem Fragebogen, zu dem die Betreuerin meiner Bachelorarbeit (anscheinend berechtigt) sehr viele Anmerkungen gemacht hat, laufe ich in den Trubel der Hauptstadt des brasilianischen Bundesstaates Rio Grande do Norte.

Die Fragen für meine Abschlussarbeit auf Englisch und in dem nicht besonders korrekten Portugiesisch ... Meine eigene Schöpfung beziehungsweise ein gemeinsames Werk – ich und der Internet-Übersetzer.

(Ich gab einem achtjährigen Jan, „einem kleinen Schlingel", einst Nachhilfe in Deutsch und trotz einiger geringer Fehlerchen überraschte er mich damals, weil sich in seiner Hausaufgabe kein einziger Fehler befand. Ich fragte ihn, ob er etwas anders als sonst gemacht hatte, dass es ihm die Übersetzung so gelungen war.

„Ich muss dir etwas gestehen. Die Aufgabe hat statt mir mein guter Freund gemacht", teilte er mir mit und machte ein sehr ernsthaftes Gesicht. Na, einige seine Freunde kannte ich schon, da ich ihn schon seit mehreren Jahren unterrichtete ...

„Und welcher? Kenne ich ihn?", fragte ich ihn aus, neugierig, wer seiner Freunde sich so sehr verbessert hatte, dass er ihm helfen konnte. Denn Jan behauptete immer, er sei noch der Beste in Deutsch von allen seinen Freunden.

„Google Translator!", rief der Kleine dann sieghaft aus.

Ich denke, Google Translator ist ein guter Freund von mehreren Menschen ...)

Ah. Bin ich schon da? Ist dies nicht die gesuchte Schule? Und ist das überhaupt das Gebäude, das mir Fernanda aus dem Bus gezeigt hat? Oder nicht?

Na, hallo ...

Das konntest du ihr auch sagen, damit sie das präzisiert.

Ja, aber sie war schon beim Aussteigen ... und ich war irgendwie „baff" von allem. Ich erinnerte mich an mein Geburtsdorf mit achthundert Einwohnern. An meinen Kindergarten. An die Menge verschiedener Menschen, auf die ich in meinem Leben bereits gestoßen bin und die ich wahrscheinlich nicht mehr sehen werde. An die Tonnen von Namen und Gesichtern, die in meinem Gedächtnis gelegentlich auftauchen ...

Nein, das ist die hiesige Universität.
(Du solltest versuchen, ein bisschen zu lesen, was auf der Tür steht ...)

Glücklicherweise gerate ich in das Büro eines Dozenten, der Englisch kann. Der Portier führt mich zu ihm, weil er wahrscheinlich nicht viel von meinem Portugiesisch verstanden hat. (Na ja, muss ich noch mehr lernen ...)

Dieser junge Lehrer ist ein Mann und als Mann könnte er in diesem Fall ein besonderes Verständnis für meinen Fragebogen haben.

Er beantwortet sorgfältig alle meine Fragen. Ich habe mich zwar verlaufen, aber es war also ein „nützlicher Irrtum". Und noch dazu sagt er, er habe sogar einen Bekannten, der in meinem Heimatland seine Hochschulbildung erwarb. Dann zeigt er mir noch den Weg zu meinem „gewünschten" Kindergarten.

„Adeus. Todo bem!"[24]
„Adeus."[25]

„Olá!" Fernanda hat mich bereits gesehen und gleich ein Kuss auf beide Wangen.

Zwischen den Reden sagt sie etwas davon, dass ich mich zu ihr offen verhalte.

Auch wenn sie aus einer anderen Kultur kommt, scheint sie überhaupt nicht darauf gerichtet zu sein, dass auch ich aus einem anderen Kulturgebiet stamme.

Interessant.

Und mir fiel das auch gar nicht ein. Ernsthaft nicht.

„Das ist mein Kollege." Ein dunkelhäutiger Junge in hellblau-
en Jeans baut mittels seines strahlend weißen Lächelns meine Scheu innerhalb von Sekunden ab und drückt warm meine
Handfläche. „Bem vinda!"[26]

„Hier sind weitere Kollegen." Dreimal ein kräftiger Hände-
druck und wieder Küsse auf beide Wangen.

„Este é minha amiga da Europa!"[27]

„Você é tão linda!"[28] Ein junger Lehrer in einem bunten Hemd
schlägt seine Hände zusammen.

Er sagt es so glücklich!

Ich schaue mir ihn an. Er ist wirklich glücklich darüber, dass
ich „tão linda"[29] bin. Es scheint „nichts Perverses" darin zu sein.

Wenn wir in Europa wären, würde er vielleicht anfangen,
danach zu „forschen", ob ich geschminkt bin ... Ich bin nicht.
Wie – bei dieser Hitze von mehr als vierzig Grad Celsius? Das
könnten meine billigen Schminken nicht aushalten.

(Aber im Ernst, was ist an mir ... Ich kam mir selbst immer
hässlich in meinem Land vor. Und es schien mir, dass mein Hintern zu groß ist ...)

Komm schon und denke nicht an solche Dummheiten. Nun bist
du hier.

Das ist wahr. Nun bin ich hier.

Und ich ziehe meinen Fragebogen aus der Tasche heraus.

Es gibt lediglich diesen einen Mann in diesem Kindergarten
und der spricht kein Englisch. (Gott sein Dank, wenigstens für
den Professor an der Uni ... ich verstand zwar Fernanda, dass
sie männliche Kollegen hat, aber ich verstand offensichtlich
falsch ... Nun ist hier nur dieser Einzige) Und keine von den
restlichen Mitarbeiterinnen spricht Englisch.

Wir bemühen uns tatsächlich sehr viel. Wir beide. Der Fragebogen ...

Er liebt seine Frau und er würde sie nie betrügen. (Das ist
doch wunderschön, dies zu sagen – selbst wenn es nicht wahr
wäre – aber ich glaube, in diesem Fall ist es wahr.)

Na, irgendwie schafften wir das zusammen ...

Und jetzt, hurra, zu den Kindern! „Das Programm" fängt gerade an.

„Oh!", schreit ein ungefähr fünfjähriges Mädel auf, sobald ich durch die Klassentür trat.

„Tão branca!"[30]

Na. Ich kann sehen, dass ich hier eine echte „Attraktion" darstelle. Vielleicht noch interessanter, als wenn die Kinder in einen Zoo gingen.

„Blblbl", sagt mir ein niedlicher Junge in einem T-Shirt mit dem Superman-Symbol. (Oder er sagt vielleicht nicht genau dies, aber genau dies ist, was ich höre.) Wahrscheinlich schaue ich ihn ziemlich verständnislos an.

„Ela é da Europa. Ela fala inglês."[31] Fernanda bemüht sich intensiv, sich in „unser" einseitiges Gespräch einzumischen.

„Inglês?"[32] Der Junge legt seine Stirn in Falten.

Trotzdem wollen seine Sympathien für mich offenbar nicht aufhören. Er gefällt mir sehr und er macht auch ein tüchtig stolzes Gesicht, dass er sich mit „der Tante" befreundet hat.

(Ich möchte auch einen solchen kleinen Jungen haben – einen Jungen mit Superman auf dem T-Shirt ...)

Aber nun singen wir!

Die Kinder genießen das Singen sehr. Ich verstehe den Text zwar nicht, aber es ist etwas über Brasilien. Seht mal, wie hier Kinder schon von klein auf dazu inspiriert werden, auf ihren Ursprung stolz zu sein. Sie singen mit Begeisterung und mit einem hochmütigen Ausdruck in ihren weißen, braunen und schwarzen Gesichtchen. Na, es gibt hier eine absolute Überzahl der braunen.

Aber! Das sollte wirklich „ein Chorgeschrei" sein? (Ein paar Kinder singen aber doch sehr schön ...)

Und so besuche ich in meinen Gedanken „ein entferntes Land",
während sich Herr Bärtig ärgert … Meine Wege zum – wenigstens kurzen – Relaxen sind verschieden.
  Herr Bärtig ärgert sich, weil „sich das Personal in dieser
Einrichtung zu oft verändert, und er zahlt doch so viel Geld …"
Herr Bärtig ahnt jedoch nicht, dass wir für den Mindestlohn arbeiten und höchstwahrscheinlich nicht zu viel von seinem Geld kriegen. Und dies darf Herrn Bärtig nicht verraten
werden, da wir loyal sein müssen. Sonst …
  Ich wische also ein riesiges Hinterteil aus und bemühe mich,
dabei professionell auszusehen. Meine Vorgesetzte hat mich ins-
truiert, dass ich mich nach den Anweisungen der dicken Karla
richten soll. Und wenn ihr eine Person mit einem vielleicht fast
halb so großen Intellekt wie eurem, dazu häufig eine ganz un-
kritische Person, begreifen sollt, ist das manchmal „eine wirklich harte Nuss".
  Der arme Herr Bärtig …
  „Aber nichts gegen dich", krächzt die dicke Karla und streichelt meinen linken Arm. „Kein Wunder", denke ich, „wenn ich
hier die schmutzigste Arbeit mache …"

Im Laufe der Zeit fange ich an zu verstehen, warum mit Karla
niemand Dienst haben will.
  Es kommt nämlich der Augenblick, wenn man mithilfe eines Computers einen Pflegebericht über jeden Bewohner ins
Zentralsystem schreiben sollte. Karla bildet nach zehn Minuten immer noch den ersten Satz. Hauptsächlich, dass sie jederzeit „so schlau wie ein Radio" war, ist und höchstwahrscheinlich auch sein wird …
  Aber ich kann heute keine Überstunden machen. Ernsthaft
nicht. Ich gebe nachmittags Nachhilfe in Englisch …
  Das hier ist sowieso eine merkwürdige Einrichtung …

Eine überraschende Geschwindigkeit der Bewegung der dicken Karla reißt mich aus dem Netz meiner Gedanken.

Eine überraschende Geschwindigkeit der Bewegung der dicken Karla, sobald sie die Verwüstung sieht, die nach dem Toilettengang von Herrn Bärtig in seinem Zimmer herrscht.

Aber diese Bewegung besteht leider nicht in der Bewegung zu mir, sondern in der Bewegung weg von mir.

Da die dicke Karla lesbisch orientiert ist, ist aber die Bewegung weg von mir für mich doch besser als Bewegung hin zu mir. Die dicke Karla ist Lesbe und sie hat auch ihre Freundin. In ihrer Beziehung stellt Karla den dominanten Partner dar, was für mich nicht überraschend ist. Eine solche Parodie eines Mannes.

Wahrscheinlich gefalle ich der dicken Karla. Bedauerlicherweise. Vielleicht auch angesichts der Tatsache, dass ihr klar sein muss, dass es „aus dieser Wolke bestimmt nicht regnen wird", überlässt sie mir gerne die schlimmste Arbeit.

Sie muss nun kurz weg. Nur etwas überprüfen. Und ich kann nicht wissen, was sie überprüfen möchte, da ich aus einer anderen Abteilung bin. Ah. Und so liegt alles lediglich an mir ...

Die Toilettenschüssel mit Kot. Den Kot in die Toilette ausschütten und die Schüssel in einen speziellen Spüler hereinstecken. Fertig ...

(Ehrlich, ich fürchtete mich, so naturalistisch zu schreiben. Damit ihr nicht aufhört, zu lesen, wenn ihr mit mir schon so weit gelangt seid. Ich entschloss mich jedoch, nichts zu verheimlichen. Dann haltet bitte durch. Und ich versuche auch, durchzuhalten ...)

Denn die dicke Karla schreit gerade mit ihrer Donnerstimme, dass sie kräftiger als ich ist, und deshalb fällt ihr die Aufgabe zu, Herrn Bärtig am Unterarm zu halten.

Zur Hilfe kommt noch ein Mädchen aus der Abteilung im vierten Stock (wir sind im zweiten Stock) an. Sie ist den ersten Tag hier. Auf ihrem Gesicht befindet sich eine starke Make-up-Schicht, rund um ihre Augen hat sie ultradicke Augenlinien und ihr Mund ist übersorgfältig durch einen blutroten Lippenstift maskiert. Sie hat vielleicht Piercings an mehreren Stellen ihres Körpers, momentan ist jedoch nur das in ihrer Nase zu sehen ...

Trotz ihres ein bisschen ungewöhnlichen Aussehens und obwohl sie noch keine Erfahrung in diesem Pflegeheim hat, freue ich mich total, dass sie hier ist, um zu helfen ...

Herr Bärtig ist schließlich eingeschlafen, wir haben Sauberkeit und Ordnung wiederhergestellt.

Und die Schicht ist am Ende.

Und raus aus diesem Haus ... Wenigstens für einen Tag.

Und eine Nacht.

Die letzte Nacht im Hostel.

Dann habe ich kein Geld mehr und muss auf mein erstes Gehalt warten.

Niemand weiß davon.

Morgen noch Frühschicht und dann kann es mit meiner Nacht draußen losgehen.

Und übermorgen soll das Gehalt bereits ankommen.

– 37 –

Also – guten Morgen – wünsche ich mir selbst.
Es ist schon ein wenig kälter geworden.
Oktober.

Es hat nicht lange gedauert, meinen Koffer einzupacken. Ein etwas komisches Gefühl. Mit dem Koffer zur Arbeit …
Der Spind im Umkleideraum ist aber zu klein. Schließlich gelingt es mir, meinen Koffer sowie alle meine Sachen reinzustopfen. Kein einziger Zentimeter Platz ist dort übriggeblieben. Und den Koffer musste ich noch leer machen, damit es möglich war, das Türchen zu schließen. Niemand hat mich dabei gesehen. Zum Glück …

Ich bemühe mich, diese Schicht, die um einundzwanzig Uhr endet, einfach nur zu überleben. Ich bin so müde.
Und auch traurig.
Bereit zu sein, eine Nacht draußen zu verbringen, das ist vielleicht immer traurig. Nur die Tatsache, dass ich fünfundzwanzig Euro spare, macht mich ein bisschen warm. Dafür kann man viel Essen kaufen.

Am Abend packe ich möglichst schnell die Sachen wieder in den Koffer hinein. Wieder nicht ertappt.
Die Kolleginnen, die sich umgezogen haben, verabschieden sich.
„Nö, ich gehe nicht zur U-Bahn mit, ich habe noch Lust, zu duschen", höre ich meine eigene, hoffentlich überzeugende Stimme.
Warum sagst du niemandem, dass du heute bloß keinen Platz zum Schlafen hast? Schämst du dich?
Ja, ich schäme mich.
Lieber halte ich das durch.
So, Hals- und Beinbruch!

Wohin nun mit mir und meinem Koffer? Und dabei nicht auffällig sein …

Ich sinne nach. Dazu fühle ich auch schon die Müdigkeit nach der Nachmittagsschicht.

Ja. Bis zum Flughafen!

Ohne Geld, jedoch mit einem schick gepackten Koffer.

Aber vielleicht kannst du dort einen Platz finden, auf dem du dein Notebook öffnen könntest …

Hm. Vorsorglich habe ich ihn im Umkleideraum aufgeladen.

Es ist schon zwei Uhr am Morgen. Bis ich dort ankomme, wird es bestimmt eine Stunde später sein.

Glücklicherweise besitze ich noch einen funktionierenden Stick. Ich könnte mich zum Beispiel, mit dem Internet verbinden und mir ein schönes Lied von YouTube anzuhören?

Aber der Flughafen befindet sich in der Zone drei und deine Monatskarte ist nur bis zur Zone zwei gültig.

Es ist also notwendig – wenigstens meiner Meinung nach –, eine Fahrkarte zu kaufen. Und das tut weh.

„Hallo!" ein fragwürdiger Bursche setzt sich im Zug gerade mir gegenüber.

Ich habe wahrscheinlich einen leicht einfältigen Ausdruck in meinem Gesicht.

Dann – noch etwas sagen. Ich möchte mit einem Satz antworten, der einen reichen Wortschatz beinhaltet (mit einem ähnlichen Satz wie jene, die ich imstande bin, beim Schreiben zu bilden, ohne dass es so lange dauern würde, wie wenn ich spreche).

Leider kommt es nicht dazu. Ich bin meistens schon froh, wenn ich den Inhalt der Mitteilung erhasche und nur mittels Anwendung von einigen einfachen Vokabeln aus dem Lehrbuch „Deutsch für Sprachschulen, Teil I" bejahe.

Wenn ich dazurechne, dass ich ab und zu große Augen mache und meinen Mund gerade in dem Augenblick halb öffne, wenn mein Gehirn eine Information registriert und versucht, sie zu dekodieren – vielleicht mache ich manchmal einen nicht eben intelligenten Eindruck.

(Ich sah einmal eine Talkshow im Fernsehen, in die eine Person mit einem IQ von – ich erinnere mich nicht ganz genau, höchstwahrscheinlich so etwas gegen einhundertsechzig eingeladen wurde. Jener Mensch erwähnte jedoch, dass er ziemliche Kommunikationsschwierigkeiten hat, weil Leute oft seine Mitteilungen nicht ganz verstehen. Ein Freund von ihm schrieb dies dem Fakt zu, dass er einfach schneller denkt, als es möglich ist, zu sprechen.)
Da wir unsere Gedanken so automatisch vorfinden, sprechen wir viele Dinge nicht aus, weil sie uns logisch zu sein scheinen. Vielleicht besteht darin das Problem. Und manchmal kann das auch ein garstiges Missverständnis auslösen.

Der Kerl schaut mich, leider, mit einem unverhohlenen Interesse an.
Mein Gott, wofür strafst du mich? Ich möchte ihn vielleicht darauf aufmerksam machen, dass es nicht taktvoll ist, sich bei einer Konversation mit einer Dame ihre Brust ständig anzuschauen, sondern dass ich auch noch ein Gesicht besitze.
Mach, dass du ihn nicht verstehst. Oder möchtest du lieber eine Nacht mit diesem „Onkel" verbringen?
Nein, das möchte ich nicht.
Vielleicht denkt er, dass ich irgendwohin fliege.
Oder ist es mir nach einigen schlaflosen Stunden schon anzusehen, dass ich nirgendwohin fliege?
Trotzdem bemühe ich mich, so auszusehen, als könnte ich kein Wort Deutsch und wäre auf dem Weg mindestens nach Amerika.
Na, das wäre nicht schlimm, einfach nur so wegzufliegen, oder?
Aber wenn ich weder Geld noch Arbeit an dem Ort habe, zu dem ich fliege? Fange ich nicht an, für diese Art des Abenteuers ein bisschen alt zu sein …

... schließlich „fliegt" der „Onkel". Aber aus dem Zug. Fahrkartenkontrolle. Seht mal, ein Schwarzfahrer!

So schrecklich sah er wieder nicht aus ...

Vielleicht war das von seiner Seite der Versuch einer Anwerbung für die hiesige Obdachlosenkommune ...

Hier bist du nicht in deinem Dorf mit achthundert Einwohnern, liebes Kind ...

Wirklich nicht?

Und M., der weiß gar nicht, dass du hier bist. Du hast nicht einmal versucht, um Hilfe zu bitten. Liegt es an deiner Selbständigkeit oder auch an der Angst vor Ablehnung?

– *39* –

Nach drei Stunden im Flughafen beginne ich festzustellen, dass ich mich vielleicht wieder irgendwohin anders „verlegen" sollte. Es gibt nämlich nur noch einen Flug nach Dubai und dann erst wieder früh am Morgen den nächsten nach Frankfurt. Die Wahrscheinlichkeit, dass ich als ein künftiger Fluggast wirke, finde ich also immer geringer.

Du hast doch deine Monatskarte für den Nahverkehr, für einhundertfünf Euro. Für die Zonen eins und zwei. So fahre los!

„So fahre los ..." Für dich ist es einfach, dies zu sagen, aber wenn man fünfundzwanzig Kilo in seiner Hand und fünfzehn Kilo auf seinem Rücken hat ...

Aber trotzdem ...

Wohin breche ich also auf?

Ich weiß nicht. Fürs Sitzen auf einer Bank im Park, dafür ist es schon ein wenig zu kalt. Und um mein geringes Bargeld würde ich auch nicht gerne kommen. Also wohin, wohin?

Bis zur Endhaltestelle und wieder zurück ...hin ... zurück ... hin ... zurück ... hin ... zurück.

Änderung der Nachtlinie ... Oh nein.

Wieder zur Endhaltestelle. Check-in im Hostel ist erst ab drei Uhr nachmittags möglich.

Burger King am Hauptbahnhof ist – für mich überraschend – schon auf ...

Ich habe bald den teuersten „Kaviar" auf meiner Zunge – das Menü „King des Monats" von Burger King ... und den Typ, der mich wohlgefällig anschaut ... den ignoriere ich einfach.

Vielleicht denkt er, dass er etwas Geld von dir sehen könnte ...

Nein, schau nicht dorthin, um Gottes willen, oder er setzt sich noch zu dir und du kannst dein einziges warmes Essen heute überhaupt nicht genießen ...

Also, der „Monatsking" hat mir so viel Kraft gegeben!
Ich komme mir selbst auch schon ganz „big" vor, oder wenigstens „not so small". Neue Energie ist in meine Arme geflossen und der Koffer ist auch schon „leichter" zu tragen.
So, wohin jetzt? Wieder zur Endhaltestelle?
Yesss.

Der Waggon ist überraschend voll von Menschen und das Ziehen meines Koffers verbraucht ziemlich schnell die Energie, die ich durch einen Chicken Burger, eine kleine Portion Pommes und eine kleine Packung Mayonnaise gewonnen habe.

Zum Glück steigen jene Menschen, von denen sich manche nicht beherrschen und mich mit einem kaum verborgenen Interesse beobachten, allmählich aus und ich bleibe in einem fast leeren Straßenbahnwagen.

Ich stelle fest, dass ich die Landschaft beim Blick aus dem Fenster nicht mehr erkennen kann. Also, die Linie hatte doch die richtige Nummer!

Ja? Nur dass die richtige Nummer nicht alles ist – der Waggon fährt Richtung Depot …

Madonna mia!

Steig an der nächsten Haltestelle sofort aus!

Eins, zwei …
… drei kleine Stufen aus der Straßenbahn. Den Rucksack auf meinen Rücken – und der Koffer – Achtung auf die Räder – sind aus Kunststoff, so, damit du sie nicht zerstörst.

Hopp – hopp – hopp!
Es gibt hier eine Kurve, sodass ich die Haltestelle in der Gegenrichtung gar nicht sehen kann … Und es ist sowieso dunkel.

Ich zünde eine Zigarette an und rauche mit starken Zügen. Ich denke, Nikotin stillt die Hungergefühle.

Ich verschiebe mich auf die andere Seite und nach rund zwanzig Minuten finde ich die gegenüberliegende Haltestelle.

Atme! Du schaffst das!

Regentropfen fallen vom Himmel auf die Erde. Ich habe keine Kapuze. Mein einziger Anorak mit Kapuze liegt tief, aber wirklich tief, im Koffer. Schade, hier gibt es wirklich keinen Platz, wo man die Sachen ein bisschen auspacken kann, um den Anorak zu suchen. Also zu aller „Ausrüstung" noch einen Regenschirm in die Hand.

Aber der lila Regenschirm für drei Euro neunundneunzig Cent kann sich mit dichtem Regen und starkem Wind nicht so ganz anfreunden. So beschäftige ich ergiebig auch meine zweite, also die letzte Hand, indem ich die gekrümmten Drähte aufziehe, und drehe den Regenschirm von der Unter- auf die Oberseite. Ein durch Wind „auf den Kopf" gestellter Regenschirm erinnert mich immer an eine Alien-Schiffminiatur oder an einen Riesenpilz mit verdrehtem Hütchen ...

Und wohin jetzt?

Zum Hauptbahnhof.

40

Ich sitze und die Augen fallen mir zu.
Der Wachdienstmann in einer grauen Uniform dreht flüchtig den Kopf über seine Schulter in meine Richtung. (Vielleicht fange ich schon an, auffällig zu sein.)
Ich gebe vor, dass ich lese.
Ehrlich gesagt, ich beginne, von allem die Nase voll zu haben. Mein Magen fühlt sich schon hungrig an und ich kann nicht einmal eine Baguette aus einem Automaten kaufen. Genauer gesagt – ich kann, aber das wäre nur die nächste Nacht mit „Schlafen" draußen. Und ich möchte mich sehr bemühen, damit dies meine letzte solche Nacht ist. Ich habe zwar noch die letzten vier Stück eine Euro-Münzen, aber für die sollte ich lieber etwas Warmes essen.
Das alles ist im Ganzen eine ziemliche physische Belastung. Wie können Menschen dies langfristig aushalten? Leben „auf der Straße". Ich wundere mich manchmal nicht, dass sie Alkohol trinken oder dröhnen. Aber es geht wahrscheinlich auch oft darum, dass sie mit diesen Aktivitäten eher angefangen haben, als sie auf die Straße geraten sind...
Ich habe Drogen jederzeit in meinem Leben vermieden und ich trinke selten Alkohol. Und ich bin diese Nacht sowieso draußen. Und ich nehme jenes Gefühl der sozialen Isolation wahr. Das Gefühl von Momenten, in denen sie ihre letzten Münzen zählen müssen. Das Gefühl von Versagung und Verlust der Kompetenz, für sich selbst selbständig zu sorgen., Es gibt Menschen, die lernen niemals ein solches Gefühl kennen. Glückliche Menschen.
Vielleicht ... vielleicht könnte ich irgendwohin mit einem Zug fahren?

Es stehen verschiedene Gruppen von Menschen im Bahnhofsraum. Die Gesichter, die ich vom Sehen kenne und die mich auch vom Sehen kennen. Da ich einfach zu auffällig bin. (Obwohl ich das gar nicht sein will.)

Viele „Straßenleute" erkennen irgendwie, dass mich die Straße in der Vergangenheit auf eine bestimmte Weise berührt hat. Dass mir ETWAS passiert ist. Mir ist das nämlich in meine Augen geschrieben. Oder in mein Gesicht. Oder überall, in jeden Teil meines Körpers.

Eine Personalpsychologin, die bei mir Einstiegstests für einen bestimmten Beruf durchführte, nannte das „besondere Traurigkeit" in mir.

Ich weiß nicht ...

Damals, das war „nur" eine Person ohne Identifikationsdokumente. Im Gesicht unrasiert, mit einem langen, grauen Bart. Ein gutmütiger Kerl mit rosa Wangen. (Ich weiß eigentlich nicht mehr, warum er eine Eintragung im Strafregister hatte...)

Diese Komponente der Arbeit bei bewaffneten Kräften machte mir keinen Spaß. Die Menschen zu fesseln.

Falls sich der Kerl verteidigt hätte, wäre ich vielleicht nur „ein Häppchen" gewesen, das er zu seinem Abendessen gehabt hätte.

„Ich kenne dich von irgendwoher", sagte er und seine tiefen Augen schauten direkt in mein Gesicht.

„Du hattest auch ein schweres Leben", fügte jener Mann hinzu, ohne eine einzige Information über mich zu haben, und falls er mich doch kennen sollte, dann nur vom Sehen. „Du hast das in deinen Augen geschrieben. Und es kommt mir vor, als ob ich dich von irgendwo kennen würde." Aber er versuchte das vielleicht bei allen und wartete, ob er oder sie nicht ins Reden kommt.

Aber vielleicht nicht ...

„Das muss ein Irrtum sein", erwiderte ich. „Du kannst mich nicht kennen."

(Festgenommene sollten nicht geduzt werden, aber wenn wir schlussfolgerten, dass die Kommunikation auf dem Niveau des Duzens einfacher verlaufen würde, dann duzten wir.)

Und nun? Was habe ich nun in meinen Augen geschrieben? Nun kehre ich zum Hauptbahnhof zurück.

Ich sehe keine „versteckte" Ecke, wo ich mich hinsetzen kann.
Ich fahre die Rolltreppe runter.
Ich habe von dem schweren Koffer schon Blasen auf meinen Handtellern bekommen.
Ich „lande" in der U-Bahn-Station „Kroske." Das ist ein solches Zentrum in dieser Stadt. Ihr könnt hier so wild wie möglich einkaufen. Wenn ihr euch das finanziell leisten könnt.
Und ... wie geht's dir?
Wie kann es mir gehen?

... das Laptop ist immer noch aufgeladen.
Ich „lasse mich" auf einer Bank in der U-Bahn „nieder" und setze mir die Kopfhörer auf. Musik nimmt mich jederzeit so weit ... so weit ...
Auch wenn ich auf einem Haufen Scheiße sitzen würde, jederzeit, wenn ich Töne der Musik höre, verschwinde ich ... ganz ins Verlorene ...
Ich setzte mir die Kopfhörer an und höre den Jazzstandard „Putting On The Ritz" zu.
Es gibt niemanden hier. Der Grund ist wahrscheinlich, dass eben die Zeit der Verkehrsunterbrechung ist und keine U-Bahnen fahren. Die nächste Zuggarnitur fährt in eineinhalb Stunde ab.
Ich steige in sie ein.
Meine Hände mit anlaufenden Schwielen ruhen sich ein wenig aus.
Bis zur Endhaltestelle. Und zum Hauptbahnhof zurück.
Wieder der Burger King. Das billigste Menü „King des Monats" schmeckt wie ein himmlisches Manna, obwohl ich es heute schon zum zweiten Mal esse. (Dieses Menü esse ich seit einem Monat. Nur kann ich es mir nicht jeden Tag zweimal, sondern meist nur einmal leisten ...)
Und nochmals – zur Endhaltestelle und zurück.
Ich fühle keine Angst. Was kann mir passieren. Ich bemühe mich, so auszusehen, als ob ich eben zum Flughafen fahren würde. Ich hoffe, das gelingt. Wenigstens vorläufig. Vorläufig bin ich relativ gepflegt und mein Gesicht ist noch nicht „vernarbt"

durch Spuren einer durchwachten Nacht. Vorläufig nehmen die Leute von mir noch keinen Abstand.

Also – du bist keine typische Obdachlose ... Du hast doch über Obdachlosigkeit deine ganze Bachelorarbeit geschrieben. Erinnerst du dich noch daran? Aber trotzdem – es ist nicht zum ersten Mal in deinem Leben, dass du keinen Platz hast, wo du deinen Kopf hinlegen könntest, oder?

Du hast recht. Es ist nicht zum ersten Mal in meinem Leben. Aber gerade jetzt will ich davon nicht sprechen ... Nur ... was euch in der Kindheit passiert, als ob das in bestimmten Augenblicken eures Lebens zu euch mit einer quälenden Schmerzhaftigkeit zurückkehren würde.

Ich schäme mich dafür seit meiner Kindheit, als ob es meine Schuld wäre. Jenes kindliche Schuldgefühl trage ich bisher mein ganzes Leben tief in meinem Inneren.

41

Mein Handy hat zwanzig Euro gekostet. Ich habe damit kein Internet. Aber dafür habe ich meinen roten Schatz mit. Nämlich mein Laptop. Als ich es kaufte, schaute der junge Verkäufer mich an und bemerkte, dass ein rotes Laptop sexy ist ... Das wird bald schon fünf Jahre her sein ...
Und es ist das bisher zweite Laptop in meinem Leben. Und angesichts der Tatsache, dass ich neununddreißig Jahre alt bin, stellt „das zweite Laptop im Leben", denke ich, eine ganz gute Bilanz dar.
Vorher, vor vielen, vielen Jahren, hatte ich einen großen Computer. Das bedeutet, dies ist zwar das zweite Laptop, aber der dritte Computer in meinem Leben. Meine Mutti kaufte mir ihn, als ich vielleicht fünfzehn war (ich kann mich nicht genau erinnern). Das war bestimmt einer der glücklichsten Momente meines Lebens. Seitdem war der PC mein bester Freund oder genauer: einer meiner besten Freunde.
Als ich am Gymnasium zwei Jahre PC-Unterricht hatte, gab es damals noch kein Windows, sondern nur den sogenannten Texteditor T602. Und die Übungen machten an meiner Stelle gewöhnlich einige meiner Mitschüler. Und ich half ihnen wieder, als Gegenleistung, wenn wir Sprachunterricht hatten. Ich war zu der Zeit in absolut keiner Computerwissenschaft gut.
Und vor Informatikunterricht hatte ich panische Angst. Heutzutage geht es mit mir in Informatik viel besser.
Und nun sitze ich schon seit drei Stunden an meinem Laptop ... Aber ich kann hier doch nicht immer sitzen.

So spaziere ich durch die Passage am Hauptbahnhof.
Bei Tag ist hier jederzeit eine Menge Leute.
Aber jetzt lediglich der Klang meiner eigenen Schritte und kaltes Neonlicht. Mein Vorbeigehen an Gliederpuppen in Aus-

lagefenstern, stilgemäß angezogen mit Kleidern … die ich mir nie kaufte.

Nie kaufen konnte?

Ich konnte nicht, oder einfach – niemals kaufte.

Aber du hast genug verdient, um dir ein Laptop zu kaufen! Hauptsache, du bereust das nicht!

Hm. Aber die Figurinen sind darin in diesem Augenblick vielleicht wirklich besser als ich …

Auf der rechten Seite gibt es ein Multikino und links von mir ein paar Miniaturpalmen in hellbraunen, eckigen Blumentöpfen.

Eine Palmenallee. In meinen chaotischen, wirren Erinnerungen taucht plötzlich eine Palmenallee in Südamerika auf.

Du liebst Palmen … Gib es zu.

Ja. Ich wandere gerade durch einen „Palmenhain in der Nacht".

Einkaufszentren.

Gliederpuppen in provokativer Bekleidung hinter klaren, sauberen Gläsern der Schaufenster.

Erwachsene. Kinder. Greise und Greisinnen. Familien.

Familien. Menschenkreise, die sich aufeinander verlassen können.

… die sich aufeinander verlassen können …

Die einander helfen.

Helfen.

Helfen.

Ich setze mich auf eine Kunstlederbank. Den Rucksack vom Rücken runter, den Koffer ein bisschen zur Seite.

Das Laptop ist immer noch aufgeladen …

Ich schreibe.

Ich schreibe über eine Palmenallee. Über ein knallig grünes Gras. Über einen Jungen mit dichten, borstigen Haaren und gütigen „Kastanienaugen".

I am happy.

I am happy und es ist mir völlig egal, ob mich jemand an-schaut. Es ist mir völlig egal, ob sich jemand etwas von mir denkt oder nicht.

Überall in der Welt stößt du auf Trottel, die dich lediglich nach deinem Aussehen beurteilen werden. Wenn du dir luxuriöse Klamotten anziehst, werden sie dir folgen, und wenn du alte Lumpen anhast, werden sie sich von dir zurückziehen ...

Wie viele Märchen befassen sich mit diesem Thema? Und Menschen sind trotzdem nicht imstande, eine Lehre daraus zu ziehen.

Obwohl sie sich damals das alles mit sehnsüchtigen Kinder-augen angeschaut haben.

Ebenso wie du. Nur dass dir manche Märchenszenen vielleicht viel zu eng ans Herz wuchsen. Wahrscheinlich bist du immer noch zu einem großen Teil „nur" ein Kind.

Ich weiß. Aber eine Bekannte, Psychologin, sagte mir einst, dass es auch seine Vorteile hat. Dass so intensive Gefühle der Freude nicht jeder erleben kann. Na ja, aber auch so intensive Gefühle der Trauer ...

Ich denke, ich kenne mich in Menschen sowieso nicht gut aus, obwohl ich Psychologie studiert habe. Also, mindestens in „gesunden – normalen" Menschen nicht. Ich möchte mich in ih-nen auskennen, aber es mangelt mir vielleicht an einer Fähig-keit oder einer Eigenschaft, die mir das ermöglichen könnte.

Noch dazu bin ich ein introvertierter Mensch, der es am liebsten hat, wenn sich die anderen für ihn nicht „zu viel inte-ressieren".

Paradoxerweise war und ist mein Äußere immer etwas auf-fällig, sodass, wenn ich mich von Leuten komplett ausruhen will, vier Wände notwendig sind.

Ich habe nichts gegen Menschen, ich mag manche von ihnen wirklich und manche liebe ich sogar. Nur ab und zu scheint es mir nützlicher zu sein, ein Stück eines guten Buchs zu lesen oder ein paar fremde Vokabeln zu lernen, als – sorry dafür, aber es ist wahr – mit manchen Menschen zu reden ... Kennt ihr das auch?

Trotzdem ... Ihr wisst, es ist vielleicht doch wichtig, wie man sich anzieht ...

Aber irgendwie protestiere ich in meinem Inneren ständig dagegen.

Und fast jeden Morgen, wenn ich den Schrank aufmache, erinnere ich mich zuerst an Albert Einstein. Ich las einst irgendwo, dass er mehrere identische Anzüge in seinem Schrank hatte, weil das Nachdenken darüber, was ihr eigentlich anziehen sollt, eure intellektuelle Kapazität überflüssig ausschöpft und eure Konzentration abschwächt.

Freilich, wenn ihr zum Beispiel ein Date habt, macht das Ankleiden meiner Meinung nach mehr Sinn. Dann bemühe ich mich schon auch ein bisschen. Aber sonst „investiere" ich darin wirklich nicht viel.

Vielleicht bin ich eher nur Praktiker in dieser Hinsicht. Wichtig sind gute Schuhe für den Fall, dass ihr einem Bus nachlaufen müsst ...

Ich bin auch ein wirklicher Taps, was Kleidungswahl betrifft. Ich hätte am liebsten lauter identische Anzüge, genau wie Albert, damit ich meine mentale Kapazität nicht an das Nachdenken darüber, was ich anziehen soll, vergeuden muss.

Aber ganz ehrlich gesagt – ich bin doch auch eine Frau, deshalb, wenn ich vielleicht auch ein wenig Geld für die Kleidung hätte, könnte es anfangen, mir ab und zu auch Spaß zu machen, ein bisschen mehr Zeit damit zu verbringen.

Und vielleicht hängt diese meine Ungeschicktheit bezüglich der Wahl meiner Kleidung eher mit meinen Erfahrungen aus der Kindheit zusammen.

Nach der Scheidung meiner Eltern war es ein echter Luxus, sich neue Kleidungsstücke anschaffen zu können. Wir konnten uns das nicht leisten. Wichtiger waren genug Essen und im Winter nicht frieren.

Ein pubertäres Mädchen möchte sich selbstverständlich schön anziehen. Aber das interessierte irgendwie niemanden.

Die Gefühle einer Jugendlichen, die sich noch nicht einmal ein blödes T-Shirt mit Ausschnitt (damit sie den Jungen besser

gefallen würde) kaufen kann und nur die billigsten, einfach ge-
schnittenen T-Shirts „bis zum Hals" trägt.

*Aber das ist bereits so tief in der Vergangenheit. Denk daran
nicht. Bitte, bitte.*

Denk lieber an eine Palmenallee.

Eine Palmenallee ...

Ja, damals war alles anders. Es ist bereits fünf Jahre her.

42

Dieser Junge, der mit den „Kastanienaugen", der bietet mir an, dass er mir am Wochenende seine Familie zeigt. Er ist so lieb.

Ich fühlte mich so verloren, als ich ihn auf einer Straße mitten in der Nacht traf. Ich hatte mich verlaufen. Ständig auf denselben Platz zurückkehrend, Handy entladen, nirgendwo ein Mensch zu sehen. Bis ich seinen schlanken Schatten in der Straßenbeleuchtung bemerkte. Ich beschleunigte meine Schritte, um ihn einzuholen, bevor er das Haustörchen aufschließt.

„Oi, eu me perdi."[33] Ich zeige ihm einen Zettel mit der Anschrift des Hotels und der Telefonnummer.

Ich bitte ihn, von seinem Handy das Hotel anzurufen.

„Sim, sim ..."[34]

Er ruft dort an, erreichte die Rezeption. Gott sei Dank ...

Aber was sagt er bloß?

Dass ich erst am Morgen zurückkomme, weil nachts keine Busse fahren? Und dass er sich um mich kümmert? Was?

„Siga-me."[35] Er öffnet die Haustür auch für mich. „Você pode esperar aquí antes de ir um ônibus. As ruas agora podem ser perigosas."[36]

Ich komme mir in diesem Haus, von dessen Existenz ich vor einer Stunde noch nichts geahnt habe, weder fremd noch seltsam vor. Ich fühle keine Angst.

Wir strecken uns auf dem Bett aus und sehen fern. Einen lokalen Musikfernsehkanal.

Er findet meine Handfläche und drückt sie stark in seiner. Mein Herz fängt an, mit Schlägen einer riesigen Glocke zu pochen.

„Haben alle Leute in deinem Land solche seltsamen blauen Augen?", fragt er erstaunt.

(Ich habe schon während der kurzen Zeit, seit ich hier bin, verstanden, dass meine Augenfarbe – in meinem Land nur langweiliges, glanzlos blaues Grau – in diesem geografischen Gebiet wie ein Aphrodisiakum wirkt. Vielleicht darum, weil die meisten hiesigen Menschen dunkelhäutig sind, und die, deren Haut weiß ist, haben überwiegend braune Augen.)

„Nein, antworte ich ehrlich. Bei uns haben Leute auch braune, grüne, graue Augen ...“

„Aber sind alle so weiß wie du?“

(Was ist das für eine vorwitzige Frage ...)

„Nein, alle sind nicht weiß.“

Er streichelt mein ganzes Gesicht ...

Er streichelt mein ganzes Gesicht vielleicht eine halbe Stunde. Ich empfinde dabei nichts Schlüpfriges oder Abartiges ...

„Ist es kalt in deinem Land?“

„Na, Wintertemperaturen können sogar etwa minus fünfzehn Grad Celsius erreichen“, antworte ich.

„So, dabei würde ich sterben“, sagt Miguel. „Ich wuchs hier auf. An dem Strand ...“, fügt er entschuldigend hinzu.

Er liegt auf dem Rücken wie ein fröhliches, zufriedenes (und riesiges) Kind, das für einen kurzen Augenblick den Strand verlassen hat, um auch drinnen im Haus ein bisschen zu spielen.

Die Sonne, die an jenem Abend unterging, versank nicht im Meer. Sie schlief allmählich in seinem Gesicht ein.

Es sieht nicht so aus, als ob es ihn quälen würde, dass er kein Auto hat oder dass er in einem kleinen Strandhäuschen lebt.

Er ist glücklich. Ich sehe das in seinen Augen.

„Hast du schon früher jemanden aus Südamerika getroffen?“, horcht er mich aus und nach seinem Gesichtsausdruck erwartet er eine negative Antwort. Es ist zu sehen, dass er nie außerhalb seines eigenen Kontinents war. Vielleicht nicht einmal außerhalb seines Heimatlandes.

„Hm, einmal“, erwidere ich, für Miguel deutlich überraschend. „In Prag. Das ist die Hauptstadt meines Landes. Nur für eine kurze Weile.“

„... Touristen“, konkretisiere ich noch. (Aber viel redete ich mit ihnen nicht.)

Es überrascht ihn augenscheinlich, dass es solche Lands-
männer gibt, die bis in mein Land reisen.

Und mein Herz schlägt und schlägt.

Wir liegen auf dem Rücken, mit verbundenen Fingern, und wir
schauen zur Decke hinauf.

Wir sprechen miteinander. Nicht nur mit Wörtern. Es kommt
mir vor, als ob ich ihn schon irgendwie kennen würde. Deshalb
fürchte ich mich vor ihm nicht.

Ich verstehe das nicht. Ich fühle mich vollkommen sicher
und verteidige mich gar nicht, als er anfängt, mich zu küssen.

„Dein Gesicht ist wunderschön", sagt er. „Gott würde nie ein
so hübsches Gesicht einer Person geben, deren Seele nicht genauso schön ist."

Was er eben sagte ... ist auch wunderschön. Ich weiß nicht,
wie er das eigentlich meint, aber es ist für mich ein stärkeres
Aphrodisiakum als Autos, teure Klamotten oder die Prahlerei
von europäischen Jungen und Männern im Allgemeinen. (Nicht
von allen, selbstverständlich. Aber von vielen doch.)

Vielleicht bin ich das erste weiße Mädchen in seinem Leben,
das er so nahe hat ... So ganz nahe.

Er erlebt den Moment, in dem wir uns gerade befinden, in
einer so erstaunlichen Weise. Er stellt mir keine dummen Fragen, beispielsweise wie meine Beziehung zum Sex ist oder wie
viele Männer ich vor ihm gehabt habe ...

Und so kommunizieren wir ohne Wörter und sagen uns dabei mehr, als Tausende von Wörtern sagen könnten ...

Es ist mir egal, dass er mein Sohn sein könnte. Ich warte hier
nur auf meinen Bus. Und Miguel möchte mir am Wochenende
die Haus- und Stadtumgebung zeigen. Das ist alles.

Er spricht mich häufig mit meinem Vornamen an. Der Vorname
ist in diesem geografischen Gebiet sehr wichtig. Sogar der Verkäufer von einem kleinen Stand stellt sich euch manchmal vor
und fragt, wie ihr heißt. Ist das nicht großartig?

... und seine Küsse fallen auf meinen Körper wie ein Regen. Wie ein sauberer, klarer Regen. Sauber, klar und aufrichtig, genauso wie dieser Junge. *Berühre die Tropfen und probiere sie!*

Nein, das geht doch nicht, denke ich. Aber da wachsen mir schon die Flügel.

Und der Junge tanzt. Sein Körper, als ob er um meinen Körper herumtanzen würde. Wie ein Krieger, der die Eroberung seiner Beute feiert. Als ein echter Urbewohner dieser Gegend.

Er atmet natürlichen Duft meines Körpers ein und die Luft ist, trotz der fortgeschrittenen Nachtstunde, immer noch unglaublich heiß.

Berühre die Flammen! Berühre jene Flammen und du fängst an zu fliegen!

Wenn sie nicht deine Flügel verbrennen ...

Verbindung zweier Gegenteile, zweier absoluter Gegenpole auf diesem Planeten ...

Entkräftet schlafen wir ein, aneinander gekuschelt.

Wir werden nicht zu lange schlafen. Es bleibt uns nicht mehr viel Zeit. Er muss morgen arbeiten gehen ...

Und plötzlich gibt es den Morgen ...

Ich kann meine Handtasche nicht finden. Es fällt mir in einem unbewachten Augenblick ein, dass ich sie vielleicht nie mehr finde. Ein Gedanke eines europäischen Mädchens, der sich in mein Gemüt eingeschlichen hat?

Die Handtasche ist nämlich nur unter das Bett gefallen und dort ist sie auch. Aber Miguel liest in meinen Augen, was durch meinen Kopf geht, ohne mir das mit Wörtern mitgeteilt zu haben.

„Was zur Hölle fiel dir ein?", sagt er mit seinen Augen und schmiegt sich an mich.

Und so essen wir ein paar Kekse zum Frühstück und trinken ein wenig Kaffee.

Er begleitet mich zum Bus.

Ein vorbeigehender Greis bleibt verwundert stehen und starrt uns an, fast fällt ihm sogar sein Stock aus der Hand.

Ich, nach einer durchwachten Nacht, in der man nur Liebe gemacht hat, und meine zirka siebzehnjährige, meine Hand haltende Begleitung mit einem Spinnennetz-Haarschnitt auf seinem Kopf, das ist dem alten Mann wahrscheinlich etwas zu viel.

„Bom dia", grüßt Miguel höflich den Senior, der es noch nicht geschafft hat, seinen vor Erstaunen offenen Mund zu schließen.

Ob etwas Merkwürdiges daran ist, in diesem Stadtteil mit einem weißen Mädel zu gehen, davon habe ich ernsthaft keine Ahnung.

Aber Miguel liebt sich mit mir und vielleicht geht er deswegen mit der Situation ganz verantwortlich um.

„Du brauchst nicht mehr im Hotel zu sein und für deine Unterkunft zu zahlen. Du kannst bei uns wohnen", sagt er mit einem völlig ernsten Gesichtsausdruck. „Und wir könnten uns jeden Tag lieben!"

Er ist einfach glücklich. Ich habe ihn glücklich gemacht ...

Es ist einfach nur ... ein Feeling. Er scheint sich weder mit meiner Hautfarbe noch mit meinem Alter zu befassen.

So bleib in einem Strandhäuschen. Bleib. Du brauchst doch auch kein Auto, um dich glücklich zu fühlen. Bleib und lieb dich mit ihm jeden Tag.

„Ich ..." Ich öffne meinen Mund. „Ich denke, dass ich schon in jemanden verliebt bin", höre ich meine eigene Stimme, als ob sie fremd wäre.

Sein Blick versteinert sich.

Gott, ich habe das vielleicht wirklich blöd formuliert ...

„Mit dir sehr schön." So bemühe ich mich, die Sachen wieder in Ordnung zu bringen. „Aber du zu jung. Und ich studiere noch."

Gott, was ich hier nur plappre ...

Ich habe doch ... meine Ziele. Aber ich plappre ...

Töte das Gefühl nicht ...

„Soll ich dir einen Fahrschein kaufen?", fragt er, als wir schon den sich bereits nähernden Bus sehen können.

„Ich schaffe das. Sonst kann ich doch die Sprache nie lernen", erkläre ich und plötzlich kommt jene merkwürdige Sehnsucht nach Freiheit, die durch den Glanz seiner wunderschönen Perlenaugen begleitet wird.

„Ich werde dir schreiben. Okay?", rufe ich aus dem Busfenster und in meinem Handteller halte ich den Papierfetzen mit seiner Handynummer fest.

„Ciao."

„Ciao."

Und seine langen Augenwimper vibrierten, als ob ein Schmetterling vorbeigeflogen wäre.

Übersetzungen

1 Guten Tag. Ich suche diese Straße.
2 Es tut mir leid. Ich weiß nicht.
3 Ich habe mich verlaufen. Ich kann diese Straße nicht finden.
4 Das ist hier.
5 Der Bus Nummer siebenhundertzwanzig.
6 ... ich mich verlaufen habe.
7 Woher kommen Sie?
8 Aus Europa. Aus der Tschechischen Republik.
9 Ah! Prag!
10 Ich studiere Psychologie und möchte hier einige Sachen für meine Diplomarbeit machen.
11 Ich bin Kindergartenlehrerin. Ich studiere jetzt Pädagogik.
12 Freut mich.
13 Ich unterrichte auch. Als Nachhilfelehrerin. English und Deutsch. Erwachsene und Kinder. Ich kann nicht Portugiesisch.
14 Ich spreche ein bisschen Spanisch.
15 Ich möchte mein Portugiesisch verbessern, aber die Aussprache ist schwer.
16 Ich muss hier aussteigen.
17 Es hat mich gefreut, Sie kennenzulernen und wenn Sie Zeit haben, können Sie kommen, sich ,meine Kinder' in einer brasilianischen Schule anzuschauen.
18 Sind dort auch manche Männer?
19 Ja, ja. Es ist diese Schule.
20 Klar, dass ich eines Tages komme.
21 Ich bin dort jeden Tag von Montag bis Freitag.
22 Mein Name.
23 Mein Name.
24 Auf Wiedersehen. Alles Gute!
25 Auf Wiedersehen.
26 Herzlich willkommen!

27 Das ist meine Freundin aus Europa.
28 Sie sind so hübsch!
29 ... so hübsch ...
30 So weiß!
31 Sie spricht Englisch.
32 Englisch?
33 Hallo, ich habe mich verlaufen.
34 Ja, ja ...
35 Komm mit mir.
36 Du kannst hier warten, bis ein Bus kommt. Die Straßen können jetzt gefährlich sein.

HERZ FÜR AUTOREN A HEART FOR AUTHORS À L'ÉCOUTE DES AUTEURS MIA KAPΔIA ΓIA ΣYΓΓΡ
ΗΑΡΤΑ FÖR FÖRFATTARE UN CORAZÓN POR LOS AUTORES YAZARLARIMIZA GÖNÜL VERELIM SZ
RE PER AUTORI ET HJERTE FOR FORFATTERE EEN HART VOOR SCHRIJVERS TEMOS OS AUTO
NZÖINKÉRT SERCE DLA AUTORÓW EIN HERZ FÜR AUTOREN A HEART FOR AUTHORS À L'ÉCOL
ΓAÇÃO ВСЕЙ ДУШОЙ К АВТОРАМ ETT HJÄRTA FÖR FÖRFATTARE À LA ESCUCHA DE LOS AUTO
EURS MIA KAPΔIA ΓIA ΣYΓΓΡΑΦΕIΣ UN CUORE PER AUTORI ET HJERTE FOR FORFATTERE EEN
ARLARIMI VER ÖINKÉRT SERCE DLA AUTORÓW EIN HERZ FÜ
R SCHRI OS ÃO ВСЕЙ ДУШОЙ К АВТОРАМ ETT HJÄRTA FÖ

Die Autorin

Sara Rira stammt aus einem kleinen Dorf in Osteuropa. Ihre Eltern waren geschieden und sie wuchs nur mit ihrer Mutter auf. Sie übte mehrere Beschäftigungen aus und zog häufig um. Arbeitsbegleitend absolvierte sie ein Universitätsstudium mit zwei Bachelorabschlüssen in Sozialwissenschaften und arbeitete als Fremdsprachenlehrerin. Überwiegend der Liebe wegen entschloss sie sich, ihre Heimat zu verlassen und begab sich nach Deutschland, wo sie, unter anderen, als Altenpflegerin tätig war.

In ihrer teilweise autobiografischen Erzählung Leben in heller Dunkelheit hat Sara Rira ihre Gefühle bei der Betreuungs- und Pflegearbeit und ihre Eindrücke von Deutschland verarbeitet. Mit ihrem Blick für Details, ihren Reflexionen, ihrer distanzierenden Ironie und den untergründigen Hoffnungen möchte die Autorin Leserinnen und Leser in einer ähnlichen Lebenssituation, Menschen in einem fremden Land und schwer arbeitende Beschäftigte im Gesundheitswesen begleiten und motivieren.